KB062393

아이템
매니아

아이템 매니아 1

2017년 7월 4일 초판 1쇄 인쇄
2017년 7월 7일 초판 1쇄 발행

지은이 오메가쓰리
발행인 이종주

기획 팀 이기헌 왕소현
책임 편집 최이슬

발행처 (주)로크미디어
출판등록 2003년 3월 24일
주소 서울시 마포구 성암로 330 DMC 첨단산업센터 3층 314호
Tel (02)3273-5135 Fax (02)3273-5134
홈페이지 rokmedia.com E-mail rokmedia@empas.com

© 오메가쓰리, 2017

값 8,000원

ISBN 979-11-294-0475-6 (1권)
ISBN 979-11-294-0457-2 04810 (세트)

아이템 매니아

1

오메가쓰리 퓨전 판타지 장편소설

ROK MEDIA

로크미디어

contents

Prologue

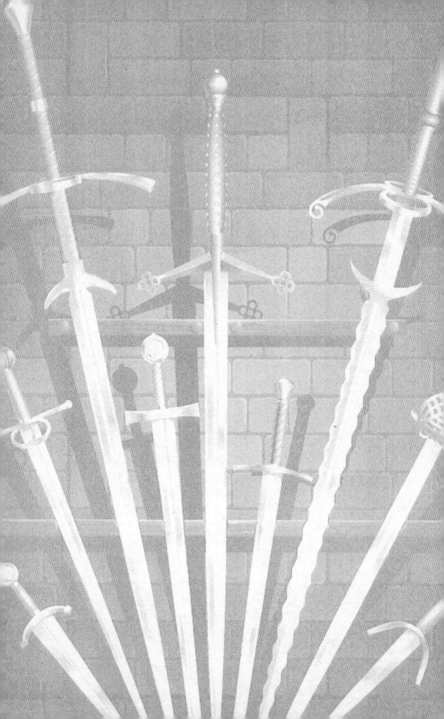

지구의 관리 영역, 아이트라.

이 천상의 대전에는 찬란한 오색의 빛으로 이루어진 신의 주종들이 분주하게 움직이고 있었다.

휘황찬란한 오라에 둘러싸인 그들을 지나쳐 가면 대전의 가장 깊숙한 곳, 순백의 옥좌와 그곳에 걸터앉은 무채색의 존재가 보였다.

그 무엇과도 비견되지 않는, 아주 강렬한 기운을 지닌 이였다.

그를 표현할 수 있는 단어는 하나뿐이다.

신.

지구의 모든 것을 창조한 유일무이한 존재였다.

─창조주의 정원에 도달했습니다.

주종의 의지에 심연 깊숙한 곳을 넘나들던 의식을 깨웠다.

그리고 바로 그 순간…….

잔잔한 호수와 같던 그의 기운이 흔들렸다.

떨림이었다. 긴장이라는 나약한 감정의 산물.

'재밌군.'

실소가 나왔다.

지고한 존재에게 긴장이라니, 어울리지 않는다.

창조된 이후 한 번도 느껴 보지 못한 감정이었다.

'이젠 멈출 수 없다.'

결연하게 다짐한 그가 다시 의지를 움직였다.

시공간을 초월한 그의 의지는 긴장의 원인이 된 근본에 다다를 수 있었다.

선과 악, 그리고 혼돈. 온갖 기운으로 뒤덮인 그곳은 바로 창조주의 정원이었다.

모든 존재의 아버지.

신을 창조한 신 중의 신.

이곳은 바로 창조주 플라스마의 영역이었다.

플라스마의 입장에선 지구의 신인 그도 헤아릴 수도 없이 많은 차원에 존재하는 일개 피조물일 뿐이었다.

손만 휘저어도 사라질 아주 하찮은 존재.

이런 자신의 입장을 알면서도 창조주의 영역에 무단으로 침입했으니 긴장을 느낄 수밖에 없었다.

아직도 긴장으로 몸이 떨렸지만, 의지를 움직이는 것을 멈추지 않았다.

그의 의지는 금단의 영역 곳곳을 누볐고, 마침내 한 곳에 다다라서야 멈추었다.

형용할 수 없는 기운에 둘러싸인 타원형의 비석이 보였다.

그곳에는 은빛으로 반짝이는 신비한 문자가 빼곡히 기록되어 있었다.

낙서 같아 보이지만 아니다.

이것은 창조주만이 이해할 수 있는 태초의 문자였다.

'물론 지금까지는 그랬지.'

이 지고한 존재도 우쭐한 마음을 감추지 못했다.

분명 태초의 문자는 창조주만의 것이었다. 얼마 전까지에 한해서 말이다.

이제는 그도 문자를 이해할 수 있다.

피나는 노력의 결과였다. 아니, 사실은 모험이라고밖에 할 수 없었다.

다른 신들이 '위대한 계획'에 대비해 피조물들의 능력을 강화한 것과 달리 그는 태초의 문자와 의지를 움직이는 권능을 길렀다.

성공 확률은 1퍼센트 미만. 위험 부담이 큰 도박이라는 건 본인이 가장 잘 알고 있었지만…….

'선택의 여지가 없었지.'

모든 차원의 신을 통틀어 그는 가장 부족한 권능을 타고났기에 모험을 걸 수밖에 없었다.

도태와 무모 중 당연히 해야 할 일을 선택한 것.

물론 이 무모하기만 했던 계획은 지금에 이르러서 성공을 목전에 둔 상황이었다.

환희의 순간.

'온다.'

돌연 그의 기색이 어둡게 변했다.

연결된 의지에 날카롭게 파고드는 것이 있었던 탓이다.

먼 곳에서부터 아주 거대한 기운이 움직이기 시작했다.

그게 무엇인진 굳이 확인하지 않아도 알 수 있다.

정원지기 크룩스.

창조의 권능을 받지 못해 신의 반열에 이르진 못했을 뿐, 실상 창조주 본인을 제외한 모든 것을 파괴할 힘을 지닌 존재였다.

서둘러야 한다.

크룩스가 눈치챈 이상 허락된 시간은 제한적이다.

날카롭게 파고드는 감각을 무시한 채 비석의 내용을 해독했다.

그 내용은 방대하기 그지없었지만, 그간 단련한 게 있다.

찰나의 순간 그 모든 것을 파악한 그는 이내 명상하듯 의식을 집중했다.

비석에 기록되어 있던 문자가 어그러졌다.

희미하게 변한 문자는 이내 다른 의미로 바뀌었다.

'되었다!'

계획의 간섭은 무사히 끝났다.

하지만 아직 끝난 게 아니다.

창조주의 정원을 벗어난 의식은 하계에 닿았다.

그렇게 얼마나 지났을까.

번쩍!

잠시 떠나 있었던 의지가 다시 본체에 돌아온 순간…….

-으음.

눈앞의 광경에 침음을 삼켰다.

그의 눈앞에 어떤 것과도 동화되지 않는 진한 회색 기운의 존재가 서 있었다.

-크룩스…….

창조주의 정원을 관리하는 정원지기.

하지만 순수한 그 이면에 감춰진 힘은…….

신벌의 대행자.

죽음에서 태어난 이.

과연 그 존재를 과시하듯 가늠할 수 없을 만큼 멀리 떨어진 아트리아에 벌써 당도했다.

단순히 도착만 했을까.

찰나에 불과한 그 시간 동안 대전의 모든 존재가 소멸했다.

오직 신, 그만을 제외하면 말이다.

─오르비스, 어리석은 자여. 그대가 무슨 짓을 저질렀는지 아는가.

어떠한 감정의 고조도 느껴지지 않는 의지가 전해져 왔다.

신, 아니, 오르비스는 포기한 듯 순순히 고개를 끄덕였다.

─알고 있습니다.

부정은 없었다. 지금 벌인 일이 얼마나 멍청하고 위험한 일인지 잘 알고 있었으니.

─남길 말은?

명색이 신이다. 순식간에 소멸시킨 주종과는 달리 유언을 들어 주는 아량을 베풀었다.

마지막을 의미하는 그 말에…….

─직접 손을 쓰실 필욘 없습니다.

읊조리듯 짧게 말한 오르비스는 다시 한 번 의식을 집중했다.

잠시간 그의 몸이 황금빛 서광에 휩싸였다.

파스스.

그리고 얼마 지나지 않아 오래된 낙엽이 바스러지듯 오르비스의 존재는 무로 화했다.

스스로 목숨을 끊은 것이다.

조금 전까지 압도적인 존재감을 뽐내던 지구의 신 오르비스는 한낱 빛의 가루가 되어 흩날렸다.

—…….

한동안 흩날리는 빛의 가루를 응시하던 크룩스가 의지를 움직였다.

의지가 닿은 순간 그는 본래 있어야 할 곳, 창조주의 정원으로 돌아갔다.

모든 것이 사라지고 난 자리.

지고의 존재였던 빛의 가루는 힘을 잃고 지면으로 추락하고 있었다.

이윽고 모든 가루가 지면에 떨어지자 본래의 찬란한 색을 잃고 한낱 먼지로 화했다.

완전한 소멸을 뜻하는 것이다.

하지만 예상치 못한 변화가 일어났다.

지면에 쌓인 먼지가 살아 있는 것처럼 들썩이기 시작하더니 이내 하나로, 둥글게 뭉치기 시작했다.

손가락 마디 하나만큼의 크기로 뭉친 그것은 더는 먼지가 아니었다.

수많은 빛을 발산하는 영롱한 구슬이 되어 둥실 떠올랐다.

잠시 가늘게 진동하던 구슬은 빠른 속도로 그곳을 벗어나 하계로 나아갔다.

마지막 신의 안배는 그 누구도 모르게, 은밀히 이루어지고 있었다.

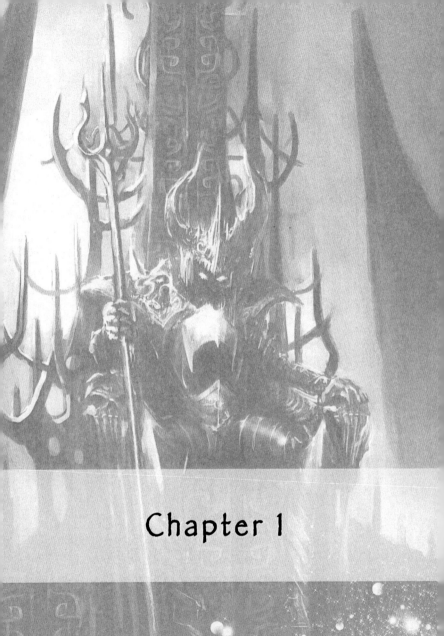

Chapter 1

온통 칠흑으로 뒤덮인 공간.

한 치 앞도 분간할 수 없는 적막한 공간에 작은 변화가 일었다.

카앙!

맑은 금속성과 함께 불똥이 튀자, 그제야 주변을 확인할 수 있었다.

적막한 공간에 있는 건 두 사람뿐이었다.

검은색 로브를 두른 한 사람은, 양손에 자신의 키를 넘는 흉측한 낫을 쥐고 있었다.

검은 로브와 길쭉한 낫. 흡사 사신을 재현한 듯한 행색이었다.

한편 그의 맞은편에 있는 이는 깃털이 장식된 은빛 투구와 마찬가지로 은빛으로 번쩍이는 갑옷, 양손엔 푸른색 기운이 충만한 대검을 들고 있었다.

카앙-.

낫과 대검이 다시 한 번 부딪치며 금속성이 튀었다.

한 번, 두 번, 세 번, 그리고 수십 번.

각도와 장소, 모든 게 달랐지만, 매번 양상은 똑같았다.

놀랍도록 빠르게 움직이는 사신의 낫을 푸른 대검이 정확히 가로막았다.

그리고 불똥이 사그라졌다.

어둠이 둘을 집어삼켰다.

잠깐의 적막이 흘렀으나, 오래가지는 못했다.

다시 한 번 금속성과 함께 주위가 잠시나마 밝아졌다.

캉, 캉, 카앙-.

도저히 인간이라 생각할 수 없을 정도의 움직임이었다.

눈 깜빡할 사이에 공간 이곳저곳을 넘나들고 있었다.

초인이라 생각할 수밖에 없는 굉장한 몸놀림을 자랑하며 둘은 치열한 접전을 벌이는 중이었다.

'이제 네 녀석도 끝이다!'

그 접전 중에서도 은빛 갑옷의 사내는 여유를 잃지 않고 있었다.

그럴 수밖에. 오늘을 위해 많은 것을 준비해 둔 터였다.

비록 게임상 최고 등급은 구하지 못했지만, 꽤 쓸 만한 무구와 노가다로 한참 끌어올린 레벨이었다.

이 모든 것을 이루기까지 10년이라는 시간이 소요되었다.

'고작 게임에 불과한데 말이지.'

쓰게 웃었다. 고작 게임에 10년이라는 세월을 허비하다니.

사실 눈앞에 펼쳐진 세상은 현실이 아니다.

가상현실 게임 페어리 테일Fairy Tale의 세계였다.

단골 가게에서 먼지 쌓인 게임 타이틀을 발견하고 10년이 지났다.

처음에는 그저 소일거리로 즐길 생각이었는데 게임에 접속하고 난 후 생각을 바꿀 수밖에 없었다.

또 하나의 세상이라 생각될 정도의 그래픽, 시나리오, 모든 게 완벽에 가까웠다.

도대체 왜 이런 명작이 세상에 알려지지도 않은 채 사장되었는지 이해가 되지 않을 정도로 말이다.

'이 미친 난이도만 빼면 말이야.'

아니, 한 가지 정도는 짐작 가는 바가 있었다.

바로 극악한 난이도.

FT의 난이도는 '즐긴다.'는 게임의 가장 근본적인 뼈대를 뒤흔들 정도로 살인적이었다.

적어도 게임에서만큼은 한가락 한다는 그도 초반 마을을 벗어나기 위해 6개월을 소요했을 정도였으니.

고작 프롤로그 단계를 벗어나기 위해 6개월이라니.

보통은 뭐 이런 쓰레기 같은 게임이 다 있느냐며 때려치웠을 것이다.

하지만 정훈은 달랐다.

사실 내내 기다려 왔었다, 이런 어려운 게임을.

뒤틀리고 지루한 일상에서 벗어나게 해 줄 살인적인 난이도의 게임을 말이다.

물론 어렵기만 했다면 금방 손을 놨을 것이다.

FT는 단순히 어렵기만 한 게 아니었다.

여정을 헤쳐 나갈 모든 단서가 마련되어 있었다.

다만 그것을 발견하기가 너무도 힘들 뿐, 마침내 길을 발견했을 때의 짜릿함과 그 쾌감은 이루 말할 수 없었다.

그렇게 정훈은 무언가에 홀린 것처럼 10년 동안 FT에 매진했다.

그간 수많은 실패를 반복해야 했고, 막다른 벽에 가로막혀야만 했다.

사신 아발론.

무려 1년간 자신의 앞을 가로막고 있는 녀석을 쓰러뜨리는 순간 새로운 여정을 향해 발을 내디딜 수 있을 것이다.

손에 든 검을 힘껏 휘둘렀다.

유연한 궤적을 그린 대검이 파고들었다.

하지만 상대도 만만치 않았다.

이에 맞서듯 검은 기운에 휩싸인 낫이 대검의 동선에 끼어든 것이다.

아발론의 특징 중 하나는 '공격의 상쇄'다.

공격이 오면 피하거나 흘리는 대신 상쇄해 상대 무기의 내구도를 갉아먹는 것이다.

사내가 든 전설 등급의 무구도 계속된 충돌로 내구도의 한계를 보이고 있었다.

이제 몇 번 더 부딪치면 쓸 수 없는 상태가 될 터.

'하지만 그럴 일은 없지.'

"비상하는 불꽃의 매."

그의 오른손 중지의 루비 반지가 타올랐다.

곧이어 아발론의 발끝 아래에서 불꽃으로 이루어진 새가 날아올랐다.

연계의 교묘한 허점을 파고든 공격에 대검을 막기 위해 움직였던 아발론은 무방비 상태로 당할 수밖에 없었다.

아니, 당하지 않았다.

위급한 상황에 아발론은 헐렁한 품의 로브를 펄럭였다.

그러자 그의 존재가 주변의 어둠과 동화되어 자취를 감추었다.

이리될 줄 알고 있었던 그는 전혀 놀라지 않았다.

'이제 이 패턴도 지겨워.'

아발론의 비기는 어둠에 동화되어 흔적을 감추는 것.

말 그대로 동화되기 때문에 그동안은 어떤 공격도 소용없었다.

그뿐인가. 어떤 상황에서도 사용 가능해 한마디로 무적기라 할 수 있다.

'하나, 둘.'

정훈은 전혀 당황하지 않고 태연하게 둘까지 셌다.

"여기냐!"

매번 검은 장막에 당했었지만, 이제는 다르다.

아무리 AI가 뛰어나다 한들 한계가 있는 법.

몇백 번 동안의 전투에서 수집한 정보가 있었다.

약 15퍼센트의 확률로 녀석은 이곳에 나타난다.

보지도 않은 채 오른쪽 사선으로 대검을 쑤셔 넣었다.

푹—.

걸렸다.

"큭!"

무적 상태가 풀린 사신이 놀란 신음과 함께 급급히 뒤로 물러났다.

"끝이다, 이 지겨운 새꺄!"

아발론과 대치한 시간만 1년이다.

이것이 마지막이라는 것을 재차 확인하려는 듯 함성을 지른 그가 최후의 일격을 준비했다.

"천지天地를 가른다!"

시리도록 푸른 빛이 대검에 모여들었다.

이 기운은 강력한 힘을 담고 있었다, 부딪치는 모든 것을 파괴하는 순순한 파괴의 힘을.

끝이다.

그렇게 외친 정훈이 검을 수직으로 그었다.

고오오-.

주변의 대기가 빨려 들어가듯 검과 함께 움직였다.

급급히 물러나는 사신에게 피할 방도는 없었다.

콰앙-!

검을 휘둘렀을 뿐인데 굉음이 울렸다.

엄청난 위력이 담긴 그의 검이 공간마저 찢어발긴 것이다.

당연히 그 위력은 상상을 초월하는 것.

직격으로 맞은 사신은 형체조차 남기지 못한 채 그대로 폭사하고 말았다.

"드디어!"

형체조차 남지 않은 적을 바라보던 정훈은 감격에 젖었다.

10년, 무려 10년이다.

그놈의 사기 스킬 때문에 매번 아발론에서 막히고 말았다.

'세이브만 있었어도 이리 걸리진 않았을 텐데.'

물론 아발론 녀석도 난관이었다.

하지만 가장 큰 문제는 망할 놈의 시스템이었다.

이 돼먹지도 않은 게임은 저장 시스템이란 것도 없어서 한 번 죽으면 처음부터 새롭게 시작해야 했다.

덕분에 10년간을 게임에만 몰두해 겨우 벽을 넘을 수 있게 되었다.

그 감동은 고작 한마디로 표현할 수 있는 게 아니었다.

'자, 이제 그 빌어먹을 다음 시나리오를 나에게 보여라.'

정훈은 한껏 부푼 마음으로 새로운 여정이 시작되길 기다렸다.

'뭐야? 왜 아무런 반응이 없어?'

하지만 어떠한 변화도 없었다, 단지 어둠 속에 우두커니 서 있을 뿐.

그게 몇 분에 불과했다면 의문을 가지지 않았을 것이다.

하지만 아무리 기다려 봐도 기대했던 변화는 찾아오지 않았다.

의문이 머릿속을 지배할 무렵…….

쩌적-.

아발론과 그가 싸우던 곳 중앙 쪽에 거대한 홀이 생겼다.

마치 종이를 찢은 것처럼 주변 배경이 찢겨 나가는 중이었다.

과연. 생각했던 것만큼 놀라운 변화다.

'이렇게 현실과 똑같다니. 게임이 아니라 현실이라 해도 믿겠네.'

그렇게 실소하고 있을 때, 찢겨 나간 공간에서부터 어둠을 밝히는 눈부신 섬광이 뿜어져 나왔다.

"으!"

날카로운 것으로 찌르는 듯한 안구의 고통을 호소하며 손으로 빛을 가렸다.

하지만 빛이 얼마나 강렬한지 손으로 가리는 것만으로는 고통이 사라지질 않았다.

한 번도 느껴 본 적 없는 고통에 눈을 감았다.

'자, 잠깐. 고통이라니? 여긴 게임인데?'

문득 의문이 일었다.

아무리 현실에 바탕을 둔 가상현실 게임이라지만 고통까지 구현할 수는 없었다.

그런데 이 눈을 따갑게 하는 고통은 무엇이란 말인가.

감당할 수 없는 일이 벌어지고 있음을 직감한 정훈이 놀라고 있을 무렵이었다.

"아!"

영역을 확장한 의문의 빛이 정훈을 삼켰다.

그와 동시에 그의 의식은 깊숙한 곳으로 가라앉아야만 했다.

그가 막 정신을 잃었을 때, 찢긴 공간 사이로 찬연한 빛을 띤 작은 구체가 떠올랐다.

처음엔 작은 구슬과 같았지만, 주변의 어둠을 먹으며 자라나던 그것은 이내 하나의 형상을 만들었다.

끈으로 연결된 가죽 가방의 형상은 곧 정훈의 몸으로 흡수되듯 사라졌다.

세상이 핑글핑글 도는 듯했다.

어지럽다.

감당할 수 없는, 마치 진탕 술을 먹고 아침을 맞이한 기분과도 같은……

'아, 안 돼!'

이제 더는 참을 수 없다. 목까지 올라온 것을 토해 내지 않는다면 이대로 자신의 몸에 쏟아 버릴 것이 분명했으니까.

정훈은 재빨리 몸을 일으켰다.

그러곤 익숙한 자세로 토악질을 시작하려 했다.

어?

몸을 일으킨 순간 거짓말같이 구역감이 사라졌다.

조금 전까지 목 언저리에 차오른 이물감이 거짓이었던 것처럼……

'가만. 근데 왜 누워 있는 거지?'

다급함에 잊고 있었던 의문이 떠올랐다.

분명 아발론을 처치한 후 새로운 시나리오를 기다리고 있었는데.

황급히 고개를 쳐든 정훈이 재빨리 주변을 살폈다.

"……"

당황한 그는 말을 이을 수 없었다.

익숙한 자신의 방이 아니었다.

낯선 곳, 아니, 익숙한 곳이라고 해야 할까.

무한한 듯 끝이 보이지 않는 새하얀 공간. 그리고 등 뒤편에는 수를 헤아릴 수 없을 정도로 많은 문이 자리하고 있었다.

"입문자의 방."

익숙하지 않을 턱이 없었다.

이곳은 FT의 캐릭터를 생성하면 최초 진입하는 지역, 입문자의 큐브라 불리는 튜토리얼 공간이었다.

'이건⋯⋯?'

지금 생각할 수 있는 건 하나뿐이었다.

데이터 초기화. 벽을 넘은 상태에서 오류가 일어난 것이다.

"미친!"

그간 수많은 플레이로 게임의 달인이 되었지만, 아발론까지 가는 건 꽤 심력을 소모하는 일이었다.

그 소중한 데이터를 잃어버렸다고 생각하니 욕이 절로 나올 수밖에 없었다.

"메뉴."

접속 종료를 위한 컨트롤 메뉴를 호출하려 할 때였다.

동작이 멈췄다.

그 순간 본인은 자각하지 못하고 있었지만, 그의 이마 부근에서 찬연한 빛이 새어 나오기 시작했다.

그림인지 문자인지 모를 문양을 그리더니 이내 사라졌다.

빛이 사라지고, 멈춰 있었던 정훈은 마음속의 울림을 들을 수 있었다.

―현실이다.

벼락이 치듯 뇌리에 울려 퍼진 음성.

찰나에 불과했지만, 의문의 음성이 정훈에게 미친 영향은 대단한 것이었다.

'이, 이게 현실이라니.'

의문의 음성 이후 그는 이 모든 것을 현실로 인지했다.

게임 세상이 현실이 되었다.

이 놀라운 사실에도 의문이나 이유 따위는 없었다.

그저 절대적인 확신만 있을 뿐이었다.

메뉴를 부르는 어리석은 짓은 그만두었다.

대신 대충 훑어봤던 주변을 세세히 살폈다.

"여, 여긴?"

"뭐야? 내가 왜 여기 있는 건데!"

멀지 않은 곳이었다. 그와 20미터쯤 떨어진 곳에서 다수가 혼란에 빠져 있었다.

처음엔 NPC로 생각해 대수롭지 않게 넘겼다.

하지만…….

'나와 같은 진짜 사람들.'

게임에서 보던 NPC들이 아니다.

자신과 같이 이 게임 세계에 끌려온 사람들이었다.

그의 눈이 곳곳을 훑었다.

말끔한 정장, 앞치마를 두른 주부, 교복을 입은 학생 등 가지각색의 사람들.

비록 복장은 모두 달랐지만, 하나같이 낯선 곳에 대한 경계가 가득했다.

'100명.'

세진 않았다.

하지만 100명이라는 것은 어렵지 않게 짐작할 수 있었다.

지겹도록 다시 시작했던 FT.

그 게임 속에서의 시작도 NPC 100명과 함께였다.

"그럼 그쪽도⋯⋯?"

"네. 우리도 도무지⋯⋯."

의식을 회복한 사람들은 대화를 통해 같은 처지라는 것을 확인했다.

누구는 출근 중에, 누구는 화장실에서, 누구는 요리 중에. 전혀 연결점이 없는 상황 속에서 눈을 떠 보니 이곳이었다.

뒤의 일이야 빤했다.

낯선 환경에서 서로 뭉치는 일은 무척 자연스러운 현상이었다.

단 한 사람을 제외하면.

정훈은 삼삼오오 모여드는 사람들을 응시하고만 있었다.

"이봐, 자네, 거긴 위험해. 이리로 와."

세월의 흔적을 증명하듯 반백의 머리칼을 한 노인이 손짓했다.

홀로 동떨어진 정훈을 위한 것이었다.

아니, 정확히 말하면 한 명이라도 더 무리로 포함해 안전해지려는 본능이었다.

"……."

잠깐 그곳을 응시했다.

하지만 이내 고개를 돌렸다.

"이봐."

노골적인 반응에도 노인은 계속 손짓했다.

물론 정훈이 그곳을 바라보는 일은 없었다.

"어르신, 그만하시죠. 굳이 오기 싫다는 사람 붙잡아서 뭐하겠습니까."

노인을 만류한 것은 말끔한 정장 차림의 중년인이었다.

"기껏 생각해서 말해 줬더니, 거참."

혀를 차는 노인의 얼굴엔 불만이 가득했다.

다른 사람들이 서로의 처지를 묻는 동안 정훈은 복잡한 머릿속을 정리하느라 바빴다.

'가장 먼저 해야 할 것은…….'

일의 우선순위를 정리하던 그는 황급히 익숙한 단어를 중얼거렸다.

"포르투나."

그 순간, 그의 앞에 반투명한 홀로그램 창이 나타났다.

<table>
<tr><td colspan="2" align="center">한정훈</td></tr>
<tr><td>근력 : 1</td><td>강인함 : 1</td></tr>
<tr><td>순발력 : 1</td><td>마력 : 1</td></tr>
<tr><td colspan="2">*스킬</td></tr>
<tr><td colspan="2">불굴의 정신(패시브)</td></tr>
</table>

현실이지만, 게임 속 능력치를 확인하는 시스템이 그대로 남아 있었다.

그가 상태 창을 확인함과 동시에 또 다른 메시지가 떴다.

-최초로 상태 창 확인.
-영리한 입문자에게 모든 능력치 0.1 상승의 축복을.

상태 창을 확인하는 숨겨진 명령어 포르투나.

이를 최초로 확인하면서 모든 능력치가 0.1 상승했다.

단순히 상태 창을 외친 것만으로 보상이라니.

그도 그럴 게 FT는 기존 게임과는 다르다.

그 어떤 사전 설명도 없기에 상태 창을 여는 명령어조차 알아내기 힘들다.

거기에 정해진 시간이 지나면 NPC들이 먼저 호출을 하는

통에 업적 보상을 받기도 힘들었다.

게임 지식이 없다면 이렇게 빠르게 알아낼 수 없는 귀중한 정보인 셈이다.

'그에 비하면 보상이 미미하지.'

내심 보상이 미미하다고 고개를 저었다.

하지만 없는 것보다 낫다.

그의 시선이 이내 상태 창에 고정되었다.

드러난 능력치는 모두 게임과 다를 바 없었다.

이것은 정훈만이 아니라 입문자의 방에 갇힌 모두가 똑같다. 남녀노소 누구를 막론하고 4개의 중요 능력치는 1인 것이다.

게임과 다르지 않다.

단, 한 가지를 제외하면 말이다.

'불굴의 정신?'

생소한 스킬이 포함되어 있었다.

'스킬이 왜……?'

여러 의문이 고개를 들었다.

입문자가 왜 입문자인가.

아무것도 가진 게 없기에 입문자다.

4개의 시작 능력치 1을 제외하면 아무것도 없어야 정상이다.

'스킬을 보유한 적은 없었는데.'

나쁜 건 아니다. 스킬이 있어서 나쁠 건 없다.

얼마든지 환영할 만한 일이다.

하지만 이게 무엇인지 확인할 필요가 있다.

스킬 명 오른쪽에 보이는 '+' 표식에 손을 가져갔다.

벽에 대는 것과 같은 저항감과 함께 창이 변했다.

불굴의 정신(패시브)

효과 : ???
설명 : 숭고한 이의 의지가 깃들어 있다

'뭐지?'

상세 설명이 오히려 더 의아함을 불러일으켰다.

효과의 '???'은 물론 스킬의 설명도 이해할 수 없는 말뿐
이었다.

좋은 건지 나쁜 건지도 알 수 없는 설명에 얼굴을 찌푸렸다.

'나쁘진 않은 것 같은데.'

그나마 안도할 수 있는 점은 '숭고한 이'라는 부분이었다.

적어도 악의가 없는, 치명적인 페널티의 스킬은 아니리라
짐작했다.

'지금은 고민해 봐야 알 수 있는 것도 없으니.'

나중에 이에 대한 정보를 수소문하는 수밖에 없으리라.

그리고 아직 보상이 끝난 게 아니다.

"그랑지움."

인벤토리, 즉 플레이어의 개인 보관함을 여는 명령어를 내뱉자 마찬가지로 반투명한 홀로그램 창이 나타났다.

"헛!"

초보자에게 주어지는 네 칸의 가방을 예상했던 정훈은 헛바람을 들이켰다.

놀랍게도 그의 보관함은 입문자에게 주어지는 네 칸의 작은 공간이 아니었다.

무한의 가방. 게임 중반에서나 얻을 수 있는 성물 등급의 무한한 칸의 가방이었다.

그뿐인가.

사각형으로 구분된 칸에 자리한 수많은 아이템. 그것은 아발론을 상대하기 직전 '한주먹'이라는 그의 캐릭터가 지니고 있었던 모든 것이었다.

최초로 보관함을 열면 공간이 1칸 확장되는 보상을 얻을 수 있다.

하지만 정훈은 보상을 받지 못했다.

확장이 필요가 없는 무한의 보관함이니 당연한 일이었다.

"하, 하하하."

자신도 모르게 웃음이 새어나왔다. 당황, 허탈, 기쁨 등 감정의 파편 여럿이 섞여 있는 웃음이었다.

조금 전만 해도 이 위험한 세계에 대한 걱정과 불안이 앞섰는데, 조금은 맥이 빠졌다.

캐릭터 한주먹이 지니고 있던 모든 아이템이 지금 그의 보관함에 들어 있었던 것이다.

'이건 사기잖아!'

본인이 생각하기에도 너무했다.

입문자 나부랭이에게 이런 아이템이라니.

희귀 정도만 해도 감지덕지일 텐데.

'설마 저 사람들도?'

혹 나만이 아니라 이곳의 모든 이들이 똑같은 혜택을 받은 게 아닐까.

하지만 이내 고개를 저었다.

미지의 불안함으로 떨고 있는 그들은 아이템은커녕 이곳에 대해 아무것도 모르는 게 틀림없었다.

틀림없다. 이 기적은 자신에게만 허락된 것이다.

'이 정도면 문제없어.'

예지와 다름없는 게임의 전반적인 지식, 그리고 막강한 아이템이 합쳐졌다. 아무리 극악하기로 유명한 FT의 세계라도 두려울 턱이 없었다.

'가자.'

처음과는 달리 자신감이 느껴지는 발걸음을 뗐다.

따로 행선지가 있는 건 아니었다.

그저 앞을 향해 나아갈 뿐이었다.

얼마나 걸었을까.

정훈의 1미터 앞에 느닷없이 빛의 입자가 모여들었다.

서서히 모여들던 입자는 곧 하나의 형상을 만들었다.

눈앞에 나타난 건 엉성하게 만든 나무 가판대였다.

그곳에는 검, 도, 창, 망치, 활 등 중세에서나 썼을 법한 수십 종의 무기가 아무렇게나 널려 있었다.

'역시 다르지 않아. 똑같다.'

튜토리얼 무기가 등장하는 조건, 그리고 장소도 똑같다.

내심 확신하고 있었지만, 혹시나 하는 마음이 있었던 게 사실이었다.

하지만 예상은 빗나가지 않았다. 아니, 적어도 시작은 자신의 지식과 다르지 않다는 게 증명된 셈이다.

게임과 똑같이 진행된다면 자신이 생존할 확률은 더욱더 높아지게 될 터였다.

자신감이 한 단계 상승했다.

"억!"

"저게 뭐야?"

그와 달리 사람들은 경악했다.

무리도 아니다. 난데없이 나타난 가판대, 게다가 그게 살상이 목적인 무기였으니.

이에 아랑곳하지 않은 채 움직였다.

놀란 99쌍의 눈동자가 함께였다.

태연히 움직이는 정훈을 향한 시선이었다.

어느새 가판대를 한 발자국 앞에 둔 그는 망설이지 않고 팔을 뻗었다.

팔이 향한 곳에는 유연하게 휘어진 나무 활이 놓여 있었다.

선택의 이유? 그런 건 없었다. 그냥 아무렇게나 손이 가는 곳에 있는 것을 집은 것이다.

수중에 어마어마한 보물이 있으니 이따위 초보 아이템에 관심이 있을 턱이 없……

'……을 턱이 없지.'

분명한 두 가지 이유가 존재했다.

−최초로 입문자 무기 습득.

−용감한 입문자에게 근력 0.2 상승의 축복을.

처음 개인 보관함을 열었을 때와 마찬가지로 능력치가 상승했다.

이 세계에서 보상을 얻는 방법은 비교적 간단하다.

뭐든지 1등이면 된다. 현실에서도 그렇지만 FT의 세계도 1등에게는 많은 혜택을 준다.

하지만 1등이 되려면 모험을 해야 한다.

의당 그렇듯 모험에는 위험이 동반된다.

지금도 그렇다.

처음으로 무기를 집었지만, 만약 욕심이 생겨 또 다른 무기를 집는다면…….

'그걸로 끝.'

법칙을 어긴 대가는 죽음이다.

물론 이러한 사전 설명은 어디에도 없다. 오직 경험을 통해서만 알 수 있을 뿐이다.

처음엔 그도 숨겨진 법칙을 알지 못해 수백 번 죽음을 경험해야 했다. 단순히 게임의 법칙을 이해하지 못해 당한 죽음이 수백 번이었다.

위험에 생각이 미친 그의 시선이 옹기종기 모인 사람들에게 향했다.

그들은 불안한 눈으로 정훈과 가판대를 바라보고 있었다.

'일단은 지켜보는 게 좋겠지.'

이 세계에 관해 아무것도 모르는 사람들이다.

하지만 선뜻 정보를 공유할 생각은 없었다.

FT의 기본 콘셉트는 무한 경쟁이다.

비록 지금은 순한 양처럼 보이더라도 언제 저 사람들이 자신의 등에 비수를 꽂을지 알 수 없다.

아직 누군가 죽은 것도 아니고, 설사 죽는다 해도 상관없다.

'최후에 살아남는 건 나다.'

이 게임의 최종 종착지를 어느 정도 예상하고 있는 정훈이었기에 사람들이 같은 사람으로 보이지 않았다.

불신이 깊어진 순간이었다.

그의 이마에서 찬연한 빛이 다시 한 번 새어 나왔다.

내면 깊숙한 곳에 감춰져 있었던 그 영역엔 누군가의 선물이 놓여 있었다.

그것은 지구의 신 오르비스의 마지막 안배.

이 게임이 시작하게 된 이유와 앞으로 일어날 일에 대한 전반적인 지식이었다.

찰나의 순간 정훈은 방대한 영역의 지식을 흡수했다.

그의 눈동자가 심연을 품은 것처럼 깊게 가라앉았다.

-퀘스트 발생

곧 그의 어깨 정도 되는 높이에 반투명한 창이 생성되었다.

퀘스트 : 탈출

내용 : 몬스터 처치 후 열쇠 획득(진행)
　　　　열쇠 사용 후 큐브 탈출(진행)
제한 시간 : 1,000분
성공 보상 : 없음
실패 벌칙 : 소멸

퀘스트 발생 조건은 무기를 집는 것이었다.

멀뚱히 정훈을 지켜보고 있는 사람들은 퀘스트의 존재 자체도 모르고 있을 터였다.

'혼자서 해 보자.'

만약 아무것도 없는 상태였다면 사람들의 협력이 필요했을 테지만, 지금 그에겐 한주먹 캐릭터가 가진 호화로운 무구가 함께하고 있었다.

도움은 필요 없다.

지금 필요한 것은 빠른 행동뿐이다.

자신의 뒤쪽, 수많은 문이 있는 곳으로 향했다.

걸음이 멈춘 곳은 수많은 문 중에서 가장 큰 면적을 자랑하는 곳.

문 앞에 선 정훈은 고민을 시작했다.

어떤 아이템을 선택할 것인가.

워낙 많은 아이템을 가진 금수저의 행복한 고민이었다.

장고에 걸쳐 정훈이 선택한 것은 5개의 세트 방어구로 이루어진 길가메쉬의 여정과 마창 게이볼그, 그리고 목걸이 게걸과 한 쌍의 반지 탐욕, 욕망으로 이루어진 액세서리였다.

'시급한 건 성장이다. 언제까지 템발에만 의존할 순 없으니.'

지금 선택한 건 가장 높은 등급의 아이템이 아니다. 하지만 다른 무구가 따라가지 못하는 특수성을 지니고 있었다.

─첫 번째 시련 시작. 적의 수는 10.

방 안 전체에 울려 퍼지는 안내에 생각을 접었다.

"누, 누구십니까?"

사람들은 음성에 반응을 보였지만, 당연하게도 답변은 없었다.

대신 최초의 변화가 시작되었다.

끼익-.

정훈의 앞에 있던 거대한 문이 열렸다.

칠흑의 어둠을 품고 있는 문 안.

인간의 시력으로는 그 안을 살펴보는 게 불가능했지만, 적어도 그곳에서 무언가 꿈틀대고 있다는 것 정도는 확인할 수 있었다.

어둠 속의 움직임을 파악한 정훈이 바짝 긴장한 얼굴로 게이볼그를 쥐었다.

"오, 맙소사!"

"괴, 괴물이다!"

서서히 모습을 드러낸 건 괴물이었다.

거대한 녹색 젤리가 움직였다.

스스로 움직이는 젤리라니.

처음 보는 이 기이한 생명체에 놀라는 것은 당연한 일이었다.

'퇴화한 슬라임.'

오직 정훈만이 동요하지 않았다.

그는 괴물의 정체를 알고 있었다. 아니, 슬라임뿐만 아니라 이 세계에 존재하는 대부분의 몬스터를 알고 있다고 해도 과언이 아니다.

다만 알고 있는 것과 막상 상대하는 건 별개의 일.

긴장으로 창을 쥔 손에 땀이 맺혔다.

첫 몬스터. 보통의 게임에서는 경험치의 제물밖에 되지 않을 테지만, 적어도 여기선 그런 상식은 통하지 않는다.

모든 감각이 퇴화한 슬라임에게 남아 있는 것은 진동을 감지하는 표면의 기관뿐이다. 녀석은 접근하는 진동에 반응해 자신의 젤리 같은 몸체를 늘려 먹이를 포획한다.

당연하게도 이 몸체에 덮이는 순간 모든 게 끝이다.

무쇠도 단숨에 녹여 버리는 산성액이 한 줌 핏물로 만들어 버리기 때문이다. 더 기막힌 사실은 이제 갓 입문자의 큐브에 갇힌 나약한 육신으로는 슬라임의 공격을 피하는 게 굉장히 어렵다는 점이다.

'그래. 평범한 입문자라면 그렇지.'

자신은 예외다.

약점도 알고 있는 데다가 손에는 게이볼그가 있다.

재질을 알 수 없는 선홍빛 자태의 창.

게임에서는 당당히 유물 등급에 이름을 올린 대단한 무구였다.

당연히 그 효과도 탁월하다.

창을 한 번도 사용하지 않은, 정훈과 같이 나약한 인간도 뛰어난 창의 숙련가로 만들어 준다.

게다가 명중 속성은 원하는 부위를 웬만해선 빗나가지 않는 고유 능력이다.

슬라임의 약점을 알고 있는 그에게 가장 필요한 속성이라 할 수 있었다.

거침없이 달려간 정훈의 눈이 목표를 찾았다.

지척에 도달한 슬라임 하나.

그 투명한 몸체를 훑던 시선이 한 곳에 고정되었다.

슬라임의 몸체 안에는 이질적인 붉은색의 구슬이 이리저리 옮겨 다니고 있었다.

결코 빠르지 않은 아주 느릿한 속도였다.

구슬을 확인한 정훈이 창을 내질렀다.

날카로운 바람 소리와 함께 창이 일직선으로 뻗어 나갔다.

푸욱!

창대를 통해 묵직한 느낌이 전해졌다.

단순히 찌른 게 아니었다.

게이볼그는 정확히 붉은 구슬, 즉 슬라임의 세포핵을 파괴했다.

파삭.

곧 슬라임의 몸이 마른 진흙처럼 갈라지며 잘게 부서졌다.

-최초로 몬스터 사냥 성공. '언령 : 1등 사냥꾼' 각인.

'일단 하나.'

왼편 상단에 '+'라는 반투명한 표식이 떴다.

손가락을 가져가 이것을 누르자 획득한 언령의 정보가 나타났다.

언령 : 1등 사냥꾼

획득 경로 : 최초로 몬스터 사냥 성공
각인 능력 : 모든 능력치 +1

'언령'이란 각인되는 것만으로도 능력치가 상승하는 기이한 힘이다.

최초로 명령어를 외친 것과는 보상 자체가 달랐다.

이로써 정훈의 능력치는 모두 1이 상승해 2가 되었다.

하지만 정훈은 여기서 끝낼 생각이 없었다.

본래 최초 몬스터 사냥은 언령을 획득하는 것으로 끝이다. 아니, 끝이었다.

'지금은 가능해.'

입문자의 방에 등장하는 모든 몬스터를 단신으로 사냥하는 것.

지금까진 결코 이루지 못했던 이 위대한 업적을 달성한다면 상상도 할 수 없었던 보상을 얻을 수 있으리라.

Chapter 2

처음에는 신중했다. 하지만 시간이 지나면서 대담해졌다.

기묘한 각도로 꺾인 창이 뱀처럼 슬라임 사이를 휘저었다.

파삭.

놀랍게도 한 번 창을 뻗는 것으로 5마리의 슬라임을 죽였다.

창 숙련도가 전문가에 이른 그에게 더는 입문자란 말은 어울리지 않았다.

10마리의 슬라임이 모두 죽어 나가는 데 고작 3분의 시간도 필요하지 않았다는 게 그 증거다.

−첫 번째 시련 종료.

–생존 인원은 100.

–첫 번째 시련을 단신으로 해결.

–힘든 업적을 이뤄 낸 입문자에게 모든 능력치 0.1 상승의 축복을.

'무슨 보상이······.'

만족할 만한 보상은 아니었다.

혼자서 10마리의 슬라임을 쓰러뜨린 게 고작 명령어를 찾아 실행한 것과 똑같다니.

업적이 아니었어도 혼자 처리하려 했지만, 어쩐지 찝찝한 마음이 들었다.

별수 없나. 보상이 그렇다는데 따지고 들 수도 없는 일이었다.

일단 업적에 대한 보상을 머릿속에서 털어 버렸다.

잠시 숨을 고르던 그는 슬라임의 잔해가 있던 자리로 이동했다.

그곳에는 슬라임의 잔해뿐 아니라 여러 가지 물건이 떨어져 있었다.

나무 재질의 주사위, 슬라임 신체의 일부인 듯한 젤리 덩어리, 그리고 구릿빛 열쇠······.

얼핏 떨어진 개수만 해도 수십이 넘었다.

게임과 같은 아이템이 드롭됐지만, 고작 10마리를 처치한 것 치곤 아이템의 개수가 너무 많았다.

-드롭 확률 100퍼센트 증가.

현재 그가 착용한 방어구와 장신구가 지닌 세트 효과였다.

세트 아이템은 각기 지닌 고유의 능력 이외에도 몇 가지 추가 성능을 제공한다.

게걸과 탐욕, 욕망, 2개의 세트를 착용하면서 생긴 효과는 보물찾기, 즉 드롭 확률 50퍼센트 증가다.

방어구 5개로 이루어진 길가메쉬의 여정은 영웅왕의 행운이라는 효과를 가졌는데, 이 역시 드롭 확률이 50퍼센트 증가한다.

현재 정훈의 드롭 확률은 100퍼센트가 증가한 상태였다.

굳이 더 높은 등급의 아이템을 착용하지 않은 것도 이런 세트 효과를 누리기 위함이었다.

그리고 예상했던 대로 아이템이 쏟아졌다.

"모든 게 나의 손에."

아이템의 능력을 발휘하는 시동어를 외치자 주위에 떨어져 있던 모든 전리품이 그의 보관함으로 들어갔다.

언뜻 보기엔 마법과도 같은 광경이었다.

저절로 떠오른 전리품이 정훈의 아공간, 즉 보관함에 사라지는 광경은 말이다.

역시 된다. 만족감에 고개를 주억거렸다.

이것은 명령어를 안다고 해서 되는 게 아니다.

유일 등급의 아이템, 렐레고의 부적이 없다면 능력이 발휘되지 않는 것이다.

만약 부적이 없었다면 휴식 시간 동안 아이템을 줍느라 바빴을 것이다.

'쉬자.'

체력 소모가 컸다.

아이템을 제외하면 그의 육신은 나약한 입문자에 불과하기 때문이다.

특별한 경우가 아니라면 육체적 능력은 아이템으로 어떻게 바꿀 수 없었다.

'그러니까 더 빡세게 움직여야지.'

1차 시련을 끝내고 주어지는 휴식 시간은 5분.

정훈은 그 자리에 주저앉아 숨을 고르며 체력을 충전했다. 아니, 하려고 했었다.

"저기…….."

자신을 부르는 음성에 몸을 돌렸다.

시선이 향한 곳에 서 있는 건 대학생으로 짐작되는 젊은 사내였다.

아주 잠깐 사이 정훈의 시선이 그를 훑었다.

훈남이라는 표현이 어울리는 젊은 사내였다.

단정하게 한쪽으로 넘긴 머리칼. 황금색으로 새겨진 로고의 검은 뿔테 안경과 뚜렷한 이목구비.

스스로는 대한민국 평균 측에 들어간다고 판단하는 정훈과 달리 준수한 청년이었다.

"무슨 일이지?"

삐뚤어진 음성이 튀어나왔다.

이 게임이 기획된 의도를 알고 있는 정훈에겐 사람들이 같은 사람으로 보이지 않았다.

경쟁자이자 맞서야 할 상대로 판단했기에 자연스레 그 감정이 섞여 나온 것이었다.

"아, 전 최준형이라고 합니다."

정중하게 자신을 소개한 후 말을 이었다.

"지금껏 쭉 지켜봤습니다만 혹 이곳에 대해 뭔갈 알고 계시지 않습니까?"

지금까지 정훈의 일거수일투족을 지켜보고 있었다.

정상적인 사고의 사람이라면 당황하거나 비명을 질러야 했다.

하지만 그는 달랐다.

거침없이 괴물을 쓰러뜨렸다.

마치 이런 일이 익숙하기라도 한 듯한 모습이었다.

게다가 차림새 역시 심상치 않다.

다른 사람들은 복장인데 그는 독특했다.

마치 제복과 같은 흰 바탕에 붉은 줄무늬의 옷.

그뿐인가.

붉은 기운이 서린 창은 언뜻 보기에도 범상치 않았다.

이 사람은 무언갈 알고 있는 게 틀림없다.

준형은 그리 확신하고 접근했던 터였다.

"아니, 몰라."

"모른다는 말씀이십니까?"

"그래."

예상했던 대로 의심 가득한 눈빛이 뒤따랐다.

"한 가지 확실한 건 괴물을 죽여 열쇠를 얻어야만 이곳을 탈출한다는 것 정도?"

마냥 모른 척하지만은 않았다.

자신의 머릿속에 그려 놓은 계획을 실행하기 위해선 이들의 사소한 도움이 필요한 건 사실이었으니까.

"열쇠라면 조금 전 저 괴물에게서 떨어진 걸 말씀하시는 거겠죠?"

"잘 봤네. 맞아, 그거."

"그럼 그 열쇠로 탈출하면 본래 있던 곳으로 돌아가는 겁니까?"

"글쎄. 그건 나도 모르지. 단지 탈출할 수 있다는 것 외에는."

필요한 것 이외에는 알려 줄 필요가 없었다.

"그건 어떻게 아셨죠? 아, 이런 죄송합니다. 제가 너무 따지듯이 물었던 것 같네요. 불쾌하셨다면……."

"불쾌해. 알면 하질 말든가."

대놓고 면박을 주자 머리를 긁적인다.

그럼에도 불구하고 대답을 듣겠다는 의지가 눈에 보였다. 목숨이 달린 일이니 뻔뻔해질 수밖에 없을 터였다.

"저기 무기 보여?"

정훈이 가리킨 곳은 무기가 놓여 있는 가판대였다.

"저기서 아무거나 집어 봐. 그럼 퀘스트가 나올 테니."

"퀘, 퀘스트요? 그 게임에서 나오는……?"

그가 믿을 수 없다는 듯 되물었다.

당황할 수밖에 없을 것이다.

"두 번 말하긴 싫으니까 가 봐."

백 번 말하는 것보다 한 번 경험해 보는 게 확실하다.

영 귀찮아하는 기색에도 아랑곳하지 않은 준형이 무기로 다가갔다.

그러곤 적당한 크기의 장검을 손에 집었다.

"아!"

곧이어 감탄사가 들려왔다. 과연 정훈이 말했던 것처럼 퀘스트 창이 뜬 것이다.

"사실이었어……."

넋이 나간 듯 중얼거렸다.

현실에선 상상도 할 수 없었던 일을 경험한 셈이니 당연한 반응이었다.

잠시 멍하니 있던 준형이 그 자리를 벗어났다.

그가 향한 곳은 사람들이 모인 곳이었다.

지금껏 정훈과 준형, 두 사람을 관찰하던 무리가 준형의 주위로 모여들었다.

무리에는 구심점이 있기 마련이다.

그리고 준형이 그 역할을 담당하고 있을 게 틀림없다.

보통은 나이가 많은 이가 구심점이 되었겠지만, 급변한 환경에서의 본능이 젊고 똑똑한, 그리고 육체적으로도 건장한 그를 선택한 것이다.

곧이어 침을 튀겨 가며 토론을 벌였다.

이 상황에 대한, 그리고 앞으로 어떻게 할 것인지에 관한 이야기가 나올 것이다.

'빤하지 뭐.'

물론 그들이 어떻게 움직일지 너무 빤히 보였다.

'일단 저걸 독식해야지.'

그의 시선은 준형이 손에 쥔 검, 입문자의 무기를 향해 있었다.

—두 번째 시련 종료.

—생존 인원은 100.

—단신으로 두 번째 시련 해결.

—놀라운 업적을 이뤄 낸 입문자에게 모든 능력치 0.2 상승의 축복을.

두 번째 시련, 30마리의 슬라임을 단신으로 물리치자 보상이 2배로 증가했다.

'계속 보상이 배로 상승한다면…….'

처음에는 실망했지만 이젠 아니다.

보상의 2배 증가.

물론 확실한 건 아니다. 하지만 상상만으로도 즐거운 일이었다.

입문자의 시련은 총 열 번이다.

그 모든 시련의 보상이 배로 늘어난다면 어마어마한 능력치의 상승 혜택을 볼 수 있을 것이다.

문제는 그 모든 시련을 단신으로 해결해야 한다는 것이었다.

'힘은 들겠지만 불가능할 것도 없다.'

아이템의 지원을 받는 이상 마냥 불가능한 것만은 아닐 터. 다만 문제가 있다면…….

정훈의 시선이 입문자 무리로 향했다.

마침 그들도 이쪽을 바라보고 있었다.

서로의 시선이 얽힌 그 순간, 준형과 다른 한 명이 자리에서 일어났다.

"안녕하세요. 신제아예요."

준형과 함께 온 이는 같은 과 잠바를 입은 여학생이었다.

넉넉한 잠바로도 가릴 수 없는 굴곡의 몸매, 도도한 듯 세

련되어 보이는 완숙한 미모의 여인.

예쁘다. 여자에게 그리 관심이 없는 정훈도 인정할 수밖에 없는 미모였다.

"또 뭔 일인데?"

감상평은 그걸로 끝이었다.

짐짓 모르는 척 심드렁하게 말했다.

퉁명스럽지만, 애초에 목적이 없었다면 이렇게 말을 걸지도 않았을 것이다.

"도와주세요."

말을 받은 것은 준형이 아닌 제아였다.

"도움?"

"네."

호소하듯 말하는 그들의 요지란 간단했다.

우리는 괴물을 쓰러뜨릴 수 없다. 당신이 열쇠를 많이 가진 것 같으니 나눠 달라.

"……."

정훈은 한마디 대꾸 없이 제아의 말을 듣고 있었다.

"그냥 달라는 건 아니에요. 이곳에서 탈출하게 되면 적절한 사례금을 약속할게요."

"섭섭지 않을 겁니다."

준형이 자신감 있게 거들었다.

당장은 가진 게 없지만, 돌아간다면 다르다.

준형을 비롯한 제아, 그리고 이곳에 있는 동기들은 꽤 잘나가는 집안의 자제들이다.

여길 벗어나 집에 돌아갈 수 있다면 준형이 상상치 못했던 사례금을 줄 수도 있다.

"부탁해요."

머뭇거리던 그녀가 눈물을 글썽였다.

"좋아. 그렇게 하지."

넘어가 줄 생각은 없다. 대신 넘어가 주는 척할 뿐.

"저, 정말입니까?"

흔쾌한 수락에 되레 준형과 제아가 조금은 놀란 눈치였다. 퉁명스러운 태도에서 그리 큰 기대를 하지 않았던 게 사실이었다.

"물론 Give and take. 공짜는 아니지."

"사례금으로 부족하십니까?"

"사례금? 그런 건 필요 없어."

"다른 제안이 있습니까?"

"물론."

"그게 뭐죠?"

준형의 시선이 따갑다.

"너희가 가진 무기."

정훈의 시선이 준형이 지닌 장검에 머물렀다.

"열쇠를 얻고 싶으면 자기가 가진 무기를 내놓으면 돼. 어때, 간단하지?"

그건 생각지도 못한 제안이었다.

"이걸 드리면 된다고요?"

"왜? 못 미더워?"

"그건 아니지만, 제안이 너무 당황스럽습니다."

"공짜로 주긴 그렇고, 지금 받을 수 있는 걸 받겠다는 거지. 싫으면 말든가."

"아, 아니에요. 드릴게요."

혹 마음이 바뀔까 제아가 다급히 말했다.

그건 남아 있는 사람들에게도 마찬가지였다.

그들에겐 나쁠 것 없는 조건이다. 아니, 환영할 만한 일이었다.

본래 가지고 있던 것도 아닌데 이를 주기만 한다면 탈출할수 있다니.

혹 무리한 조건을 다는 게 아닐까 걱정하고 있었던 그들은 기쁜 기색을 감추지 못했다.

지금까지 소극적이었던 그들은 무기를 집기 위해 우르르 몰려들었다.

"잠깐!"

정훈의 외침이 장내에 울려 퍼지자 사람들의 동작이 거짓말처럼 멈췄다.

행동을 제한하는 기이한 힘.

그건 그들보다 정훈의 능력치가 높은 탓이었다.

능력치는 단순한 육체의 힘이 아니다.

"혹 욕심 부릴 사람이 있을까 해서 말하는데, 그거 한 사람당 하나씩. 두 개 집는 순간 규칙 위반으로 죽을 테니 명심해. 뭐, 죽고 싶으면 말릴 생각은 없고."

죽는 것을 방관한다는 게 두려운 것은 아니었다.

자신의 이득이 될 누군가가 허무하게 사라지는 것을 바라볼 수 없기에 나설 수밖에 없었다.

"감사합니다."

"후, 다행이다."

경악하는 한편 안도하는 이들도 있었다.

무기를 욕심내는 것만으로 죽는다니.

현실에선 있을 수 없는 일이지만, 쉽게 수긍했다.

애초에 이곳에 끌려온 것도, 갑자기 생성된 무기도, 모든 게 말도 안 되는 일투성이였기 때문이다.

정훈의 말에 따라 모두가 하나씩 무기를 집었다.

그러곤 얼른 그를 찾아가 열쇠와 교환하려 했다.

고작 이런 쇳조각 따위로 목숨을 구할 수 있다면 얼마든지 환영이었다.

'고작일까?'

정훈을 제외하면 가장 먼저 무기를 선택한 준형은 문득 떠오른 생각에 주저하고 있었다.

갑자기 끌려온 이곳. 정확히 어떤 곳인지는 알 수 없지만, 매우 위험하다는 것을 알 수 있었다.

손에 쥔 무기가 정말 고작의 가치밖에 없을까?

'어쩌면 이게 목숨줄일지 몰라.'

명석한 그는 이 제안에 함정이 있을 거로 판단했다.

세상에 선의란 없다.

손해 보는 짓을 자처할 인간은 없다는 게 평소 그의 지론이었다. 그게 사실이기도 했고.

적당한 요구를 했다면 모를까, 의외의 조건을 단 것에는 무언가 이유가 있을 것이다.

여러 가지 생각으로 그의 눈이 가라앉았지만, 문제는 이렇게 생각한 이가 그뿐이라는 사실이었다.

"여기, 여기 있네."

처음 정훈을 아니꼽게 바라봤던 노인부터 시작해서 많은 이들이 벌써 무기를 쥐여 주며 열쇠를 받아 가고 있었다.

"저기 잠시만요. 조금만 더 생각을 해 보는 게…….."

이를 제지하기 위해 나섰지만 소용없었다.

오히려 앞을 다투어 먼저 열쇠를 교환하기 위해 분주한 모습이었다.

열쇠가 99명에게 나눠 주기에 턱없이 부족하다는 사실을 알고 있었던 것이다.

현재 정훈이 소유한 열쇠는 12개.

선착순으로 교환해 준다는 말이 끝나기 무섭게 사람들이 달려들었다.

12개의 열쇠 교환은 순식간에 끝났다.

열쇠로 교환한 사람은 승리자라도 된 양 의기양양하게 미소 지었고, 그렇지 못한 사람들의 낯빛은 시커멓게 죽어 있었다.

"그럼 우린 이만 가 보겠네."

나이를 들먹이며 억지로 열쇠를 교환한 노인이 이별을 고했다.

"잠시만요. 그렇게 가시면 어떻게 합니까, 어르신."

지금껏 기세에 밀려 있었던 준형이 불만을 토로했다.

분명 조금 전까지는 모두가 함께 살 방안을 위해 뭉쳐야 한다며 외쳐 댔던 게 저 노인이었다.

그런데 지금에 와서는 홀랑 빠지겠다니.

"이보게, 준형 군. 그거야 탈출할 방법이 없었을 때의 이야기고. 살 사람은 살아야지, 같이 죽을 순 없지 않은가."

노인의 말에 열쇠를 획득한 나머지 11명도 고개를 끄덕였다.

"그리고 자네들도 열쇠를 교환하면 되지 않나. 순서만 뒤로 밀릴 뿐, 자네들도 나올 수 있을 걸세."

노인이 눈짓으로 정훈을 가리켰다.

확실히 맞는 말이다.

아무리 많은 괴물을 상대해도 결코 밀리지 않는 압도적인 모습을 보였다.

어찌 보면 확실한 보험인 셈이다.

정훈이 쓰러지는 모습은 상상도 할 수 없다.

즉, 시간이 조금 걸리더라도 모두가 이곳을 탈출한다는 보장이 있다는 말이다.

"우리 먼저 간다고 서운해 말게. 어차피 우리가 있으나 없으나 그다지 도움도 되지 않으니 빨리 사라져 주는 게 서로를 위한 길일세."

타당한 말이지만…….

'그걸 말이라고.'

준형은 이를 갈았다.

지금 중요한 것은 타당함이 아니다.

짧은 시간이지만 그들은 집단으로 뭉쳤다.

그리고 이 집단에는 한 가지 절대적인 규칙이 존재한다.

모두가 살아남기 위해 노력하는 것.

하지만 그들은 자신의 살길이 보장되자 이를 무시하고 실리를 취했다.

그것은 즉 집단의 붕괴를 의미한다.

그것만은 막아야 했다.

"이곳을 탈출한다고 해서 반드시 우리가 있던 곳으로 되돌아간다는 보장이 없습니다. 열쇠를 가져 마음이 급한 건 저도 잘 알지만, 조금만 기다렸다가 다 같이 가는 게 어떻겠습니까? 어르신 말씀대로 어차피 저분이 있는 이상 금방 열쇠가 모일 텐데 굳이 위험을 감수할 이유는 없지 않습니까?"

만약의 가능성을 염두에 둔 논리적인 설득이었지만, 먹힐 턱이 없었다.

"그것 또한 만약의 경우일 뿐일세."

이곳, 이 위험한 곳만 탈출한다면 괜찮다.

단지 절망적인 지금 순간만을 벗어나기 위해 열쇠를 가진 이들이 움직였다.

"하아."

설득이 소용없음을 깨달은 준형도 더는 만류하지 않았다.

모두가 아닌 일부가 열쇠를 가진 순간부터 모든 게 엉망이 되었다.

그저 문을 열고 사라지는 그들을 지켜보는 것밖에는 할 수 있는 것이 없었다.

선택이라도 받은 듯 함박웃음을 감추지 못한 열쇠를 가진 자들. 그들은 각기 원하는 문 앞에 서서 열쇠를 꽂았다.

특별한 장치가 되어 있었던 건지 열쇠를 꽂았을 뿐인데도 활짝 열렸다.

화악!

슬라임이 나온 거대한 문과는 달리 환한 빛이 그들을 반겼다.

마치 앞날을 축복해 주는 듯했다.

천천히 한 걸음 내디뎠다.

하지만 정훈이 보는 그 모습은, 죽을 것을 알면서도 달려드는 불나방과 같았다.

떠날 사람은 떠났다. 남은 이들의 표정은 구겨질 대로 구겨졌지만, 그나마 정훈이라는 존재로 조금은 안도하고 있었다.

짧은 휴식 시간이 지나가고 드디어 세 번째 시련이 시작되었다.

─세 번째 시련 시작. 적의 수는 15.

"15? 수가 더 작아졌는데?"

분명 첫 번째 시련보다 두 번째 시련에서 더 많은 괴물이 나왔다.

그런데 지금은 첫 번째 시련보다 더 적어진 15마리였다.

잠깐의 의문이 이어졌지만, 곧 그들은 그 이유를 깨달을 수 있었다.

문을 열고 모습을 드러낸 것은 기존에 나타났던 녹색 젤리가 아니었다.

건장한 성인의 체격, 개의 얼굴에 하얀 털을 지닌 이족보행 몬스터 '놀'이었다.

비록 낮은 지능일지라도 도구를 다룰 줄 아는 개체다.

그것을 증명하듯 낡은 쇠사슬 갑옷과 검, 도끼, 창 등 다양한 무기로 무장했는데, 어딜 봐도 슬라임보다 더욱 위협적으로 보였다.

남은 생존자들의 시선이 정훈에게 향했다.

저 괴물을, 놀을 정훈이 감당할 수 있을까.

근심 어린 그들의 시선을 받으며 정훈이 움직였다.

지면을 박차 낮게 도약한 그는 달려가는 속도와 힘을 이용해 창을 내질렀다.

푹!

케엑!

살이 뚫리는 섬뜩한 소리와 함께 비명이 터져 나왔다.

직선으로 뻗어 나간 정훈의 창은 정확히 놀의 심장을 꿰뚫었던 것.

'하나 더.'

놀 1마리를 쓰러뜨린 그의 눈은 사체가 아닌 다른 놀을 좇고 있었다.

어떤 때는 섬전과 같이 빠르게, 또 어떤 때는 뱀처럼 휘어지며 적의 급소를 노린다.

15 : 1의 전투는 일방적이었다.

그것도 1 쪽인 정훈이 압도하고 있었다.

한 번에 하나. 창이 번뜩일 때마다 사체가 늘었다.

눈 깜짝할 사이 3마리의 놀이 쓰러졌다.

크르릉!

캬악!

하지만 놀도 바보는 아니었다.

위험한 적임을 감지하곤 곧바로 정훈에게 달려들었다.

단순히 달려드는 것도 아니었다.

둥글게 범위를 좁혀 오는 녀석들의 연계가 심상치 않았다.

'도울까?'

생존자들이 망설였다.

아무리 정훈이라도 포위를 당한다면 어려울 것이다.

적의 수는 12. 하지만 남은 사람들은 88명. 힘을 합친다면 충분히 저 괴물을 물리칠 수 있을 것이다. 아주 약간의 희생을 감수한다면 말이다.

'그러다 내가 죽으면 어떡해?'

희생자가 자신이 될 수도 있다. 문득 드는 불안감이 그들의 족쇄를 채웠다.

무리 중 가장 용기 있는 준형도 선뜻 움직이지 못했다. 현대를 살아온 이들에게 있어서 지금 상황은 이성보다 본능으로 움직이게끔 했다.

'그래. 그렇게 나와야지.'

힐끗 그 모습을 응시한 정훈은 오히려 안도했다.

돕는다고 나섰으면 오히려 성을 냈을 것이다.

열 번의 시련이 끝나는 동안 그들은 철저히 방관자로 남아 있어야만 한다.

그것은 지금 상황에서도 마찬가지다.

한 손으로 여러 손을 당할 수 없다.

물론 그건 대등한 상대일 경우에만 해당하는 말이었다.

유일급 아이템으로 도배한 정훈이 고작 입문자용 몬스터에게 당할 턱이 없었다.

콰직-.

심혈을 기울이지 않은, 평범하게 내지른 마창이 놀의 두개골을 뚫고 지나갔다.

명중, 이 사기적인 속성이 지닌 놀라운 명중률 덕분이었다.

파학-.

피가 솟구쳤다.

급소를 빗나간다 한들 그의 공격은 치명적이었다.

스치기만 해도 출혈을 일으켜 금방 죽음에 이르기 때문이다.

식은 죽을 먹을 만큼의 짧은 시간, 놀이 흘린 진득한 붉은 피가 웅덩이를 이루었을 때에 전투는 끝을 맺었다.

그곳에 홀로 서 있는 건 정훈 하나였다.

'저게 정말 우리 같은 인간 맞아?'

이를 지켜보는 누군가는 경외심을…….

'뭐야, 저 사람? 이상해.'

누군가는 의문을 품었다.

하지만 그들이 어떤 마음을 품었건 변하지 않는 사실은 그들의 생살여탈권을 정훈이 쥐고 있다는 점이다.

"열쇠 5개. 교환할 사람?"

그의 말이 끝나기가 무섭게 사람들이 달려들었다.

"내, 내 차례야."

"미친 새끼. 순서가 어딨어? 먼저 잡는 게 임자지."

"나와, 나오라고!"

이곳에 더는 법칙은 없었다. 오로지 살겠다고 몸부림치는 추악한 이들의 아우성만이 남아 있을 뿐.

이번 차례에도 승자와 패자가 나뉘었다. 아니, 열쇠를 가진 자와 그렇지 않은 자로 나뉘었다는 게 맞을 것이다.

정훈의 교환 조건은 간단했다.

선착순으로 자신의 앞에 설 것.

이 때문에 욕설과 함께 치열한 몸싸움이 벌어졌다.

하지만 이건 공정한 경쟁이 아니었다.

육체적으로 한창 전성기인 성인 남성이 대부분 열쇠를 차지한 것이다.

이에 노인과 아이, 그리고 여자들이 불만을 제기했지만, 돌아온 것은 차갑기 그지없는 한마디였다.

"세상이 불공평하다는 건 댁들도 잘 알고 있잖아. 뭐, 그럼 어떻게 해 줘? 노약자를 우선해 줘? 그건 저들에 대한 역차별인데?"

남은 이들 중 젊은 남자의 비율은 30퍼센트 정도다.

괜히 그들과 분란을 일으켜 봐야 손해라는 것을 알기에 분을 삭여야만 했다.

목숨이 걸린 일에 동정을 바라는 것은 얼마나 어리석은 일인가.

결국, 처음 눈치 싸움으로 열쇠를 거머쥔 노인을 제외하면 26명의 젊은 남성이 열쇠를 차지하곤 방을 빠져나갔다.

처음엔 슬라임. 다음에 놀. 시련이 계속될수록 위협적인 괴물이 나타나는 것은 자명한 일이다.

어떻게든 빨리 이곳을 빠져나가야 한다는 강박관념이 모두의 뇌리에 틀어박혔다.

'니미럴. 이번에는 여자고 뭐고.'

'막기만 해 봐. 진짜 엎어 버릴 테니까.'

살고자 하는 본능이 이성을 추월했다.

생존자들의 눈에 흉포한 불길이 이글거렸다.

지금까진 고작 몸싸움 정도로 그쳤지만, 다음번에는, 다음번에는…….

'죽어 나가겠지.'

입문자 무기가 필요한 그에겐 일어나선 안 될 일이었다.

짝!

박수로 이목을 모았다.

그러자 자연스레 모두의 시선이 그에게 향했다.

"이보세요들, 가만히 있으면 다들 살아서 나갈 텐데, 뭘 그리 서롤 못 죽여 난리래?"

"……."

반응은 미덥지 못하다는 게 대부분이었다.

어디까지나 생면부지인 그를 믿을 수 없다는 분위기가 팽배했다.

"쯧, 내가 못 미더워? 끝까지 버티지 못하고 죽을까 봐? 아니면 혼자 도망갈까 봐?"

침묵은 긍정의 뜻. 심리를 대변한 그의 말에 아무 말 하지 않았다.

"참 나. 구해 준다고 해도 이런 반응이라니. 하여간 머리 검은 짐승은 거두는 게 아니란 말이야."

뼈 있는 말로 비아냥거렸다. 물론 단순히 놀리기만 하려고 말을 꺼낸 건 아니었다.

"뭐, 원래 어느 정돈 예상했으니 그건 넘어가고. 그보다 내 앞에서 싸우는 꼴은 보고 싶지 않거든. 그러니 이제부터는 내가 임의의 순번을 정해 줄게."

말을 끝맺음과 동시에 한곳을 가리켰다.

"너."

그의 손가락이 향한 곳에 준형이 서 있었다.

"너부터 1번. 그리고 너, 너, 너, 너⋯⋯."

하나하나 가리킨다. 순번의 기준은 간단했다.

자신과 가장 멀리 떨어져 있는 순서였다.

어떻게든 빠르게 오기 위해 가까이 다가와 있었던 이들과
달리 준형은 가장 먼 쪽에 자리 잡고 있었다.

"무슨 그런⋯⋯!"

"그렇게 함부로 정해도 되는 겁니까?"

당연하다는 듯 불만이 나왔다.

곧장 정훈의 차가운 시선이 그들에게 향했다.

"한 번만 더 그딴식으로 지껄여 봐. 열쇠고 뭐고 주지 않
는 수가 있으니까."

주도권은 그의 손에 있다.

합리적이든 불합리하든 그건 정훈이 결정할 바지, 그들이
아니었다.

그저 입을 다무는 것으로 대답을 대신했다.

"저기 질문이 있습니다만⋯⋯."

다들 정훈의 눈치 보기 바쁠 때 준형이 침묵을 깼다.

"말해."

"순번을 양도하는 게 가능합니까?"

"양도?"

오히려 되물었다. 선뜻 이해가 가질 않았다. 아니, 이해는

했으나 믿기지 않는 게 맞을 것이다.

"네. 제 대신 애가 먼저 받았으면 하는데, 가능하겠습니까?"

준형이 데리고 온 건 교복을 입은 여자아이였다.

낯선 곳에 대한 두려움으로 눈물이 얼룩져 얼굴이 엉망이었다.

"걘 가장 마지막 순번이었는데. 바꾸겠다고?"

"상관없습니다. 어차피 끝까지 열쇠를 얻으실 수 있지 않습니까?"

희미한 준형의 미소에 물끄러미 그를 응시했다.

'가식?'

자신이야 여유롭다지만 그들에겐 아니다.

목숨이 오락가락하는 상황에서 가식이라니, 가당치도 않다.

그렇다고 선의라고 생각하기엔 인간에 대한 불신이 깊은 정훈은 선뜻 인정하지 못했다.

"그렇게 하고 싶다면 그러지. 혹시 또 바꿀 마음 있나?"

뒤 순번을 배정받은 이들이 간절한 눈으로 뒤를 봤다.

하지만 그들의 시선을 모른 척 회피했다.

결국, 준형을 제외하고 그 누구도 순번을 바꾸는 일은 없었다.

생존자들의 걱정과 달리 열쇠를 얻는 작업은 순탄하게 진행되었다.

다음 차례로 등장한 약화한 놀 35마리와 상처 입은 보가트 20마리까지.

이 모든 괴물을 처리하는 데 20분의 시간이면 충분했다. 그것도 휴식 시간을 포함한 시간이었으니 정작 전투 시간은 10분에 불과했다.

획득한 열쇠는 17개.

미리 정해 놓은 순번에 따라 17명이 문을 통과했다.

남은 인원은 66명. 그리고 남은 시련은 5개였다.

아직 시련은 많이 남았다.

생존자들은 안도하고 있었지만…….

'이제부터 시작이다.'

정훈은 지금까지와 달리 조금은 긴장하고 있었다.

입문자의 방에 마련된 치명적인 함정. 그가 이를 되뇌고 있을 때 마침 휴식 시간이 끝났다.

-여섯 번째 시련 시작. 적의 수는 600.

"뭐, 뭐?"

600이라는 숫자에 생존자들은 경악을 금치 못했다.

지금껏 가장 많이 나온 수가 35였다. 그런데 갑자기 600이라니. 이건 해도 해도 너무하지 않은가.

'준수하네.'

당연히 이를 알고 있었던 정훈은 태연했다.

'죽으라고 만든 건데 이 정도면 양반이지.'

입문자의 방에 숨은 함정.

다섯 번째 시련 이후부터는 정상적인(?) 입문자라면 절대 살아남을 수 없는 어려운 난이도로 구성된다.

그 말인즉, 다섯 번째 시련 이전에 열쇠를 얻지 못했다면 죽을 수밖에 없다는 것.

"끝났어……."

"시발. 이게 말이 되냐고!"

절망과 탄성이 쏟아져 나왔다.

이미 삶을 포기한 이들도 다수 보였다.

허망한 시선이 몬스터 대군을 좇았다.

그곳에는 600마리의 괴물들이 진열을 맞추어 진군하고 있었다.

녹색 피부. 허리까지 내려오는 붉은 갈기와 같은 머리칼에 날카로운 송곳니.

병약한 트롤.

일반 트롤과 달리 특유의 그 사악한 재생력과 육체 능력이 약화되었다지만, 그래도 트롤은 트롤이다.

입문자가 상대할 만한 수준이 아닌 것이다.

게다가 수가 600마리나 된다.

고급 아이템으로 도배한 정훈이라 해도 감당할 수 없는 숫자였다.

"키컄!"

대장으로 짐작되는 무장한 트롤이 위협적인 고함을 내지르자 진군이 시작되었다.

한 발자국, 천천히, 느릿하게 전진하는 그 모습이 마치 죽음의 행군을 보는 듯했다.

절망에 빠진 사람들은 넋을 잃은 채 그 모습을 바라봤다.

그들의 눈은 시커멓게 죽어 있었다.

저항은 고사하고, 작은 희망 따위도 존재하지 않았다.

"유난은."

피식 웃었다.

벌써 죽음을 준비하는 사람들을 향한 실소였다.

게이볼그를 넣었다.

대신 손에 쥔 것은 불꽃으로 이루어진 검. 신들의 황혼, 라그나뢰크를 이끈 거인족 수르트가 사용하던 불꽃의 검.

'이놈들에겐 불이 쥐약이니까.'

트롤은 본래 숲의 자식으로, 목木 속성을 타고났다.

나무를 태우는 것은 불, 즉 상극의 속성을 지닌 무기를 선택한 것이다.

"타올라라. 모든 게 멸망에 이르러 파괴될 때까지."

손아귀에 힘을 주며 시동어를 외쳤다.

검의 형상을 한 불꽃이 맹렬하게 타올랐다.

온도가 올라감에 따라 불꽃이 붉은색에서 청색으로 변했다.

'따, 땀이……?'

'더워.'

소유자인 정훈은 느끼지 못했지만, 멀리 떨어져 있던 생존자들이 땀을 흘릴 정도의 엄청난 열기가 주변을 가득 메웠다.

변화는 그것만이 아니었다.

절정에 이른 수르트의 검이 점차 거대해지기 시작했다.

본래 길이였던 1미터에서 2, 3, 4……. 무려 10미터까지 늘어났다.

'이게 한계로군.'

본래는 수십 미터 늘어나는 건 일도 아니었다.

하지만 무구도 사용자의 능력에 따라 그 위력이 달라진다.

현재 정훈이 낼 수 있는 마력으로는 고작 이 정도가 한계였다.

순식간에 몸집을 불린 불꽃 검을 횡으로 휘둘렀다.

후웅!

열풍이 불어닥쳤다.

곧장 뻗어 나간 수르트의 검이 트롤 하나와 충돌했다.

콰쾅!

닿는 즉시 폭발을 일으켰다.

그곳에는 수백의 트롤이 있다.

하나를 베어 넘기고 또 하나, 그리고 차례로 검과 트롤의 육신이 충동하면서 연쇄 폭발이 일어났다.

"카악!"

"크와악!"

고통에 찬 트롤의 비명이 여기저기서 울려 퍼졌다.

밀집된 진영에 난데없이 폭탄이 떨어진 격이었으니 몰살에 가까운 타격을 입힐 수 있었다.

설혹 운 좋게 살아남았다 해도 검의 속성인 화상과 약화가 발동해 육신을 가누기도 힘든 상태였다.

수르트의 검이 지닌 격格을 사용한 결과였다.

격, 일반적인 쇠붙이와 달리 이야기가 담겨 있는 병장기, 즉 유물 등급 이상의 무구가 지닌 고유 특성을 말한다.

수르트의 검이 지닌 능력은 거대화와 연쇄 폭발. 위력은 보는 것처럼 막강하지만, 그만큼 페널티도 크다.

격을 사용한 무구는 본래의 힘을 잃고 평범한 쇠붙이로 돌아간다.

그 힘을 되찾기 위해선 충전 시간이 필요한데, 그 시간은 등급마다 가지각색이다.

유물은 최소 하루, 유물 이상의 경우엔 일주일 내지는 한 달이 소요되는 것도 있다.

각별하게 신경 써서 관리해야 하는 능력임에도 불구하고 정훈은 이를 아낌없이 사용했다.

그야 당연히 수르트의 검 이외에도 많은 무구가 그의 보관함을 장식하고 있기 때문이다.

불꽃을 잃어버려 작은 단검의 형상이 된 수르트의 검을 집 어넣고, 게이볼그를 들었다.

이미 죽음 직전의 트롤밖에 남지 않았다.

신들린 듯한 그의 창은 트롤의 육신을 꿰뚫으며 점차 그 숫자를 줄여 나가고 있었다.

"어, 어⋯⋯."

"미쳤어. 미쳤어. 정말⋯⋯."

생존자들은 혼이 나간 것처럼 중얼거리기 시작했다.

믿을 수 없었다. 어떻게 사람이, 아니 이제는 같은 사람으로 보이지 않을 지경이었다.

척 보기에도 위협적인 괴물 600마리를 단숨에 없앴으니 당연한 반응이었다.

─여섯 번째 시련 종료.

─생존 인원은 66.

─단신으로 여섯 번째 시련 해결.

─믿기지 않는 업적을 이뤄 낸 입문자에게 모든 능력치 3.2 상승의 축복을.

처음엔 0.1에 불과했던 능력치가 3.2로 상승해 있었다.

조금 전까진 미심쩍었지만, 확실하다. 보상은 2배씩 상승하고 있었다.

'이대로만 가면 마지막 열 번째는…….'

51.2의 능력치 상승. 적어도 그가 겪었던 임무 중 가장 놀라운 보상이었다.

'쉽진 않겠지.'

물론 막대한 보상만큼 쉽지는 않을 것이다.

'가장 큰 문제는 뒤의 시련을 모른다는 건데.'

신의 지식을 얻었지만, 그건 어디까지나 이 게임의 전반적인 방향 정도다.

세밀한 부분까지는 그도 알지 못한다.

다만 게임상에서 경험한 것을 알고 있을 뿐이다.

그가 경험한 시련은 여섯 번째가 한계였다.

전에는 기를 쓰고 노력해도 여섯 번째 시련을 통과하진 못했다.

당연한 일이다. 지금처럼 아이템의 도움을 받지 않는 이상에야 600의 군세를 감당하는 건 말도 안 되는 일이니까.

이제부터 등장할 시련에 관해서는 일체 지식이 없는 상태였다.

줄곧 자신감 있는 자세로 일관할 수 있었던 것도 아이템보다 지식의 영향이 더 컸는데, 이제는 다르다.

지금껏 느끼지 못했던 불안감이 스멀스멀 기어 올라왔다.

'정 안 되면 이걸 사용해야겠지.'

바보 같은 자신감으로 목숨을 잃은 순 없는 일. 당연히 최후의 수단을 마련해 두었다.

손안에 구겨진 종이 티켓.

이는 통과 명령서라는 것으로, 고작 1회 소비성 아이템 주제에 유일 등급이나 되는 귀하신 몸이다.

물론 효과는 탁월하다.

묻지도 따지지도 않고 현재의 시련을 통과할 수 있다.

단, 중후반 이상의 시련에서는 소용없다.

하지만 지금은 걱정할 필요가 없다.

적어도 입문자의 방 따위는 가볍게 빠져나갈 수 있으니까.

불리하다 싶으면 찢고 이곳을 나가면 된다.

조금 위험하긴 하지만, 보상이 큰 만큼 위험을 감수해야 함은 당연한 것이다.

'끝까지 버텨서 보상을 얻는다.'

모든 능력치 51의 상승.

목숨이 위험한 경우가 아니라면 반드시 얻어야 할 보상이었다.

흔들리는 마음을 다잡으며 전리품을 회수했다.

'어?'

전리품을 확인하던 그의 눈에 이채가 띠었다.

뜻밖의 수확이 있었다.

'동銅이네.'

지금까지의 몬스터는 나무 주사위만을 드롭했다.

하지만 병약한 트롤을 처치하고 얻은 주사위는 은은한 녹색을 띤 청동 재질의 주사위였다.

'하긴, 다른 재료도 그렇고. 약화는 됐어도 드롭 아이템 목록은 바뀌지 않은 건가?'

약화됐기 때문에 전리품도 다를 거라 생각했는데 아니었다.

달그락달그락.

손안의 주사위를 굴려 소릴 냈다.

예전 버릇이었다.

그 버릇은 현실이 된 지금도 여전히 남아 있었다.

지금은 자신이 주사위를 굴리고 있는지도 인식하지 못하고 있었지만.

그가 손에 쥔 나무, 청동 재질의 주사위는 이 세계에서는 운명의 주사위로 불리는 것이었다.

드롭 확률은 10퍼센트 이하지만, 아이템의 영향으로 정훈에겐 100퍼센트 확률이 적용되고 있었다.

정확히 600개의 동 주사위는 각 면에 새겨진 숫자에 따라 특수 효과를 얻을 수 있는 특별한 아이템이었다.

1은 근력.

2는 순발력.

3은 강인함.

4는 꽝.

5는 마력.

그리고 6은 모든 능력치가 소량, 기존 상승 수치의 50퍼센트씩 상승한다.

몬스터를 사냥해 얻는 경험치로 레벨이 상승하는 일반적인 게임과 궤를 달리하는 시스템이었다.

가장 특이한 점은 모든 게 운으로 결정된다는 것이다.

보통은 자신이 원하는 능력치나 혹은 시스템으로 정해진 능력치가 상승하는 게 대부분이지만, 여기선 그런 게 없다.

근접 계열이 마력을, 마법 계열이 힘을 얻는 둥 모든 게 운이었다.

'아주 개 같은 시스템이지.'

필요한 능력치를 선택해서 올릴 수 없다 보니 이도 저도 아닌 캐릭터가 되기 일쑤다.

아무리 모든 능력치가 유기적으로 연결되어 있다 해도 중요 능력치라는 게 있는 법인데 그걸 선택할 수 없으니 개 같다는 말이 절로 나올 수밖에 없다.

게다가 능력치의 상승 폭이라도 높으면 괜찮을 텐데 그것도 녹록치 않다.

현재 정훈이 획득한 운명의 주사위는 최하위 티어Tier로, 나무가 0.1, 청동이 0.2다.

그마저도 한계선을 넘어 무無에서 경輕의 단계로 넘어가는 순간 본래의 1퍼센트 수치만 받는다.

페널티를 받지 않기 위해선 상위 티어, 철과 강철 주사위
가 필요했다.

'지금은 이것도 감지덕지지만.'

업적을 통해 조금의 능력치 상승이 이뤄졌지만, 그래 봐야
소량이다.

현재 얻은 주사위를 사용한다면 단번에 경의 단계로 상승
할 수 있을 것이다.

하지만 이내 고개를 저었다.

아직은 때가 아니다.

모을 수 있을 때까지 모아야만 한다. 정말 필요한 그 순간
이 아니라면.

그리고 보다 많은 주사위를 획득하기 위해선 지금처럼 독
식이 필요하다.

그의 시선이 생존자들에게 향했다.

놀람 가득한 그들의 시선을 받으며 조금 전 얻었던 열쇠
하나를 흔들어 보였다.

"이제 싸울 필요 없겠네. 열쇠는 남아돌거든."

트롤을 해치우고 얻은 열쇠는 무려 150개에 달했다.

방해꾼들을 치워야 할 시간이었다.

Chapter 3

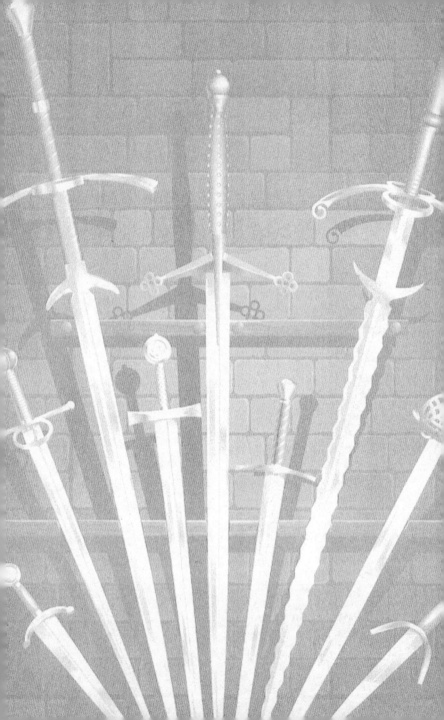

열쇠가 남아돈다.

희소식을 들은 사람들은 너 나 할 것 없이 몰려들었다.

어차피 쓸모도 없는 무기 따위에 망설일 이유가 없었으니까.

하나둘, 열쇠를 받은 이들이 문을 열고 나갔다.

그 순간만큼은 모두 하나가 된 것처럼 질서 있게, 서로 양보하는 훈훈한 모습을 보였다.

마침내 마지막 순번인 준형의 차례가 되었을 때였다.

"뭐 해? 안 가져가?"

열쇠를 흔들어 보였다.

"한 가지만 부탁해도 되겠습니까?"

"부탁?"

"꼭 들어주셨으면 좋겠습니다."

가만히 그를 응시했다.

보통은 들어 주지도 않았을 테지만 이 녀석이 무슨 말을 할지 궁금해졌다.

"귀는 뚫려 있으니까 얼마든지."

듣는 건 얼마든지 할 수 있다.

다만 본인에게 이득이 되지 않는 일인 이상 행동으로 옮기는 일은 없을 것이다.

"저를, 아니 사람들을 이끌어 주십시오."

역시 그랬던가.

어느 정돈 예상하고 있었다. 적어도 다른 이가 아닌 통찰력 있는 녀석이라면 분명 깨닫고 있으리라.

이곳이 끝이 아닌 시작이라는 것을.

"싫어."

그렇기에 대답은 쉬웠다.

"왜죠? 그 힘이라면 많은 사람을 살릴 수 있습니다. 지금 우리에겐 도움이 필요합니다."

간절함이 절절 끓는다. 웬만한 사람이라면 그 부탁을 거절하지 못할 정도로.

"다시 말해 줄까? 싫어."

하지만 정훈에게만큼은 예외였다.

거절은 그에게 너무도 간단한 일이었다.

"어째서입니까?"

"어째서라니. 내가 도와서 이득 될 게 뭔데?"

"보상을 원하시는 겁니까?"

"어. 좋지, 보상. 받는 게 있으면 주는 것도 있어야지. 기본 아냐?"

이 사람은 인정人情이란 게 없단 말인가.

사람을 살리는 일에 아까부터 보상, 보상, 보상.

목구멍까지 치밀어 오른 욕지거리와 분노를 삼켰다.

아쉬운 건 자신이다. 그를 설득하기 위해서라면 무슨 일인들 못할까.

"집으로 돌아가면 원하시는 만큼 사례금을 드리겠습니다. 믿으실진 모르겠지만, 전 제일 그룹의 둘째 아들입니다. 생각보다 더 많은 걸 챙겨 드릴 자신이 있습니다."

지금껏 밝히지 않았던 사실을 들먹였다.

대한민국 굴지의 기업인 제일 그룹. 그것도 직계 자손이라면 정훈이 생각하는 것보다 더욱 많은 사례금을 받을 수 있을 것이다.

"돈? 아직도 넌 뭔가 단단히 착각에 빠져 있네."

"무슨 착각 말입니까?"

"네가 살던 곳으로 되돌아갈 수 있다고 생각해?"

"으음."

침음성을 삼켰다.

그제야 그는 자신의 말에 어폐가 있음을 느낀 것이다.

돌아가지 못할 것을 느끼고 있으면서 이전 세계의 지위로 보상을 약속하고 있었다.

'아니. 확실하지 않아!'

어쩌면 본래 세계로 돌아갈 수 없다고, 자신뿐만 아니라 세계 모두가 이 이상한 세계에 갇혔을지도 모른다고 느끼고 있었다.

하지만 그건 그저 느낌일 뿐이다. 그럴 것이다. 아니, 반드시 그래야만 했다.

"네. 반드시 돌아갈 수 있을 겁니다."

"아니, 못 돌아가."

정훈은 그의 희망을 간단히 부수었다.

"어떻게 확신하는 겁니까?"

"뭐, 믿든 안 믿든 그건 네 자유인데, 너도 짐작은 하고 있을 텐데. 내가 이 세계에 대해 꽤 많이 알고 있다는걸."

"확실한 건 아니지 않습니까."

여전히 희망을 버리지 않는 모습이다.

"참 나. 사탕발림을 원하는 것 같은데. 난 그런 입에 발린 소린 못 하거든. 거짓 이야기를 원하는 거라면 그만 꺼져. 더는 할 말 없으니까."

어떨 때 보면 인간이란 참으로 어리석다.

가능성이 낮은, 혹은 없다는 것을 알면서도 자기가 기대한 말만 듣고 싶어 한다.

그런 멍청이와 더는 어울릴 생각이 없었다.

"여기 있습니다."

고집으로 입을 다문 준형이 무기를 건넸다.

선택의 여지가 없다. 결국 그도 열쇠와 교환했다.

"그럼."

준형이 등을 돌렸다.

정훈은 묵묵히 그 등을 바라보았다.

'이상은 좋지만, 그게 얼마나 갈까?'

그가 알고 있는 이 세계는 그야말로 비정한 곳이다.

게임에 불과했을 때는 그저 콘셉트라 치부했다.

하지만 지금은 아니다.

친구가 등을 찌르고, 가족이 목을 조른다.

그렇게 할 마음이 없는 사람도 닥쳐 오는 상황에 어쩔 수 없이 선택하고 마는 것.

'당해 봐야 정신을 차리겠지.'

바보 같은 신념을 지키다 무너지는 녀석의 모습이 눈에 선했다.

등을 돌렸다.

잠시 후 준형마저 사라졌고, 그곳에는 정훈 혼자만 남게 되었다.

북적거리던 사람들이 사라졌지만, 혼자인 게 편했다.

평소에도 그랬던 것처럼 혼자서 골방에 틀어박혀 게임을 하는 기분이랄까.

'그래. 역시 혼자가 편해.'

믿음을 주지 않으면 실망할 일도, 배신을 당할 일도 없을 테니까.

요사스럽게 붉은 기운을 뿜어 대는 마창을 바라보았다.

'개떼를 상대할 때 어울리는 무기가 필요해.'

게이볼그는 다수보단 적은 수를 상대할 때 더 빛을 발하는 무기. 지금부턴 많은 수의 몬스터를 상대할 게 빤하니 교체가 필요하다.

게이볼그를 보관함에 넣은 후 칠흑 날을 자랑하는 검을 꺼냈다.

검신엔 푸른색으로 빛을 발하는 룬 문자가 새겨져 있었고, 주변으론 불길한 녹색 기운을 줄기줄기 뿜어 댔다.

마검 스톰브링거.

한 번 뽑으면 피 맛을 보기 전까지 절대 멈추지 않는, 그야말로 마검에 어울리는 검이었다.

다수의 적이 등장할 것으로 예상한 그의 선택이었다.

-일곱 번째 시련 시작. 적의 수는 700.

마침 새로운 시련의 시작.

700이라는 숫자에 놀라지 않았다.

오히려 쾌재를 불렀다.

적의 수가 많으면 많을수록 스톰브링거는 더욱 위력적인 무기로 변하니까.

미소 짓는 그의 정면으로 거대한 문이 열렸다.

푸우우.

거친 콧소리가 반겼다.

이어서 거대한 몸체가 문을 빠져나왔다.

마침내 모습을 드러낸 건 소의 머리, 근육으로 뭉친 다부진 체격, 양손에 든 거대한 도끼가 위협적으로 다가오는 괴물인 '미노타우로스'였다.

거대한 도끼에서 뿜어져 나오는 괴력, 무엇보다 혀를 내두를 강인한 체력을 지닌 괴물이었다.

물론 입문자의 수준에 맞게 약화되었을 테지만 방심할 수 없다.

수가 700에 달하면 지나가는 고블린도 오우거를 잡을 수 있을 테니 말이다.

"영혼에 새겨지는 저주받은 낙인."

스톰브링거에서 뿜어져 나온 녹색 기운이 미노타우로스가 운집한 바닥에 스며들었다.

그러고는 그곳에 기하학적인 문양이 그려졌다.

우어!

이상한 기운을 감지한 미노타우로스가 괴성을 질렀다.

하지만 소용없는 일이었다.

이미 수많은 괴물이 문양의 범위 안에 걸쳐져 있었다.

팟−.

빛이 번쩍였다.

지름 10미터가 넘는 문양의 범위에 들어간 미노타우로스의 이마에 핏빛 낙인이 새겨졌다.

낙인을 확인한 정훈이 지면을 박찼다.

시련을 통과하면서 상승한 능력치는 움직임을 한층 매끄럽게 해 줬다.

처음과는 비교할 수 없을 날렵한 움직임으로 쇄도한 그가 거침없이 스톰브링거를 휘둘렀다.

스걱−.

검이 옆구리를 베었다.

피가 솟구치면서 미노타우로스의 몸이 양단되었다.

검이 지닌 능력으로 숙련도가 숙련가에 이른 그의 검술은 단숨에 적을 두 동강 낼 정도였다.

하지만 이후가 문제였다.

사방은 미노타우로스가 포위한 상황.

미노타우로스는 어김없이 거대한 도끼를 짓쳐 들었다.

대기가 떨릴 정도의 강맹한 일격을 내뻗었다.

그런데도 정훈은 흘깃 그 모습을 보기만 하고 다시 공격을 재개했다.

상대의 공격 따윈 안중에도 없었다.

그저 베고 벤다. 오직 공격 일변의 거침없는 동작이었다.

콰앙!

거대한 도끼가 그를 강타했지만, 옷깃 하나 건드리지 못했다.

핏빛 안개와 같은 둥근 막이 그를 보호하고 있기 때문이었다.

"어딜!"

바닥에 목이 툭 떨어졌다.

감히 자신을 공격한 미노타우로스를 응징했다.

보호막의 정체는 피의 낙인이 지닌 능력이었다.

바닥에 새겨진 문양에 올라 있는 대상은 결속된 피의 낙인에 걸리면서 자신이 지닌 체력의 10퍼센트만큼을 빼앗기게 된다. 그리고 이때 빼앗긴 체력은 스톰브링거의 주인, 정훈의 보호막으로 전환된다.

현재 결속된 피의 낙인에 걸린 대상은 못해도 150이 넘었다.

미노타우로스의 강력한 무기 중 하나가 그 강인한 체력이다.

하지만 지금은 그 체력이 정훈에게 이롭게 작용했다.

방어는 도외시한 정훈의 공격엔 두 번은 없었다.

오직 일격. 그의 검은 심장과 머리 등의 치명적인 급소만을 노리는 저승사자의 낫이었다.

몬스터 중에서도 미노타우로스는 꽤 강력한 개체다.

손에 쥔 도끼로 자르는 게 아닌, 으깨 버리는 괴력은 인간들에겐 두려움의 대상이었다.

그런데 지금은 어떤가.

마치 도축장에 끌려가는 소처럼 정훈의 손에 학살당하고 있었다.

―아홉 번째 시련 종료.

―생존 인원은 1.

―단신으로 아홉 번째 시련 해결.

―경이로운 업적을 이뤄 낸 입문자에게 모든 능력치 25.6 상승의 축복을.

"후우."

시련의 종료와 함께 자리에 주저앉았다.

'이걸 깨라고 만들었다고?'

아이템의 힘으로 여기까지 왔지만, 도대체 이게 깨라고 만들어 놓은 것인지 쉽사리 이해가 가질 않았다.

700마리의 텍사스 소 떼를 물리치자 이어서 800의 오우거

군단이 등장했다.

공간의 검 바리사다가 오우거의 상하 공간을 분리했다.

800마리가 동시에 허리가 양단되는 광경은, 막상 검을 사용한 정훈조차 놀라워할 정도였다.

너무 쉬웠던 거 아닌가도 생각했지만, 다음 적을 본 순간 그 말을 삼켜야만 했다.

사자의 몸체에 박쥐 날개, 그리고 전갈의 꼬리를 지닌 몬스터 만티코어 900마리가 등장한 것이다.

비행과 특유의 강력한 독은 잃었지만, 육체적인 능력만으로도 충분히 위협적이다.

정훈으로서도 신중할 수밖에 없었다.

해서 2개의 격을 소모했다.

신궁 예羿로 쏟아 낸 태양 떨어뜨리기가 절반의 만티코어를 꿰뚫고, 탐욕의 검 칼라볼그가 나머지 절반을 삼켜 버렸다.

본신의 힘은 거의 발휘하지 않았지만, 문제는 격을 사용하면서 소모된 체력과 마력이었다.

격은 무구에 깃든 힘이긴 하지만, 사용자에게도 특별한 조건을 요구한다. 바리사다나 예의 경우 강제적으로 체력을, 스톰브링거와 칼라볼그는 마력을 갈취해 갔다.

적절히 조절한다고 하긴 했지만, 워낙 지닌 능력치가 형편없었던 탓에 기본적인 능력을 사용하는 것만으로도 지치고 말았다.

'뭐, 그래도 이 정도 소득이라면 얼마든지 환영이지.'

보통 입문자들은 단 1마리에도 전멸을 면치 못할 몬스터 대군이 쓰러지며 전리품이라는 선물을 주었다.

나무나 동보다 한 티어 높은 칠과 강철 주사위. 거기에 의외의 소득도 있었다.

'벌써 속성 보석이라니.'

그는 보관함을 장식하고 있는 색색의 보석 파편을 응시했다.

능력치를 올리는 운명의 주사위와는 달리 특별한 속성에 대한 저항을 상승시켜 주는 보석이었다.

종류에 따라 루비는 화염, 사파이어는 물, 페리도트는 땅, 에메랄드는 독, 토파즈는 전기, 오팔은 빛, 흑요석은 어둠, 진주는 물리, 아쿠아마린은 마법, 마지막으로 다이아몬드는 모든 저항력을 소량 상승시킨다.

현재 정훈이 얻은 것은 가장 드롭 확률이 높은 루비, 사파이어, 페리도트였다.

비록 물리나 마법 저항력을 올려 주는 상위 보석은 아니었지만, 초반에 속성 보석을 얻었다는 것 자체가 기적이었다.

'일단 속성 먼저.'

속성 저항력은 언제 올려 두어도 좋다.

보관함에서 꺼낸 보석 파편 하나를 섭취했다.

꿀꺽-.

일반적인 보석이라면 기도를 막아 버렸겠지만, 이건 단순한 보석이 아니다.

침과 닿는 순간 아이스크림처럼 녹아내리며 액체가 되어 목을 타고 넘어갔다.

-화염 속성 0.1퍼센트 상승.

붉은빛이 잠깐 아른거리더니 섭취한 보석의 속성이 소량 상승했다. 망설이지 않고 나머지를 모두 섭취했다.

한정훈	
근력 : 53.3	강인함 : 53.1
순발력 : 53.1	마력 : 53.1
*언령	
1등 사냥꾼(모든 능력치 +1)	
*스킬	
불굴의 정신(패시브)	
*무기 숙련도	
창 : Lv. 1(35퍼센트)	검 : Lv. 2(12퍼센트)
활 : Lv. 1(11퍼센트)	
*New : 속성	
화염 : 1.3퍼센트	물 : 1.0퍼센트
땅 : 0.7퍼센트	

속성 보석을 섭취해 속성란이 새로 생성되어 있었다.

'한참 멀었네.'

한주먹 캐릭터와 비교하자니 정말 보잘것없는 수치다.

능력치는 무의 단계에, 그리고 속성을 모두 합해 봐야 고작 3퍼센트다.

물론 배부른 투정이다. 보통 입문자라면 아무리 날고뛰어봐야 능력치의 총합이 10을 넘지 못한다.

그뿐인가. 중후반 이후에나 얻을 수 있는 속성 저항력이라니. 밸런스를 붕괴하는 사기적인 능력치였다.

본인도 자각은 하고 있었다. 다만 눈높이가 너무 멀리 맞춰져 있을 뿐.

'그나저나 30분이라……. 도대체 얼마나 무지막지한 녀석이 나오기에.'

화제는 능력치에서 다음 시련으로 옮겨 갔다.

아홉 번의 시련을 거치는 동안 5분이라는 똑같은 휴식 시간이 주어졌었다.

그런데 마지막 시련에서는 그 6배인 30분이었다.

이건 쉽게 넘길 수 있는 문제가 아니었다.

많은 시간이 주어졌다는 건 그만큼 강력한 적이 나온다는 것을 의미하기 때문이다.

'최대한 만반의 준비를 하는 수밖에.'

51.2라는 능력치 상승, 게다가 마지막 열 번째 시련을 이겨 내면 다양한 보상이 뒤따라올 터다.

절대 놓칠 수 없다.

그러기 위해선 동원할 수 있는 모든 수단과 방법을 동원해야 한다.

단 1퍼센트의 실패 가능성도 용납할 수 없다.

그럼 지금 가장 필요한 건 무엇일까.

'무력.'

무력을 상승시키는 덴 여러 가지 방법이 있다.

첫 번째, 능력치의 상승이다.

현재 그에게는 수천 개가 넘는 운명의 주사위가 있다.

정확히 나무가 110개, 동이 1,300개, 철이 800개, 강철 주사위가 900개였다.

'이 정도면 경은 가볍게 돌파하겠지.'

능력치의 등급. 무無로 시작해 경輕, 강强, 패覇, 존尊, 극極의 6단계로 나뉜다.

무에서 경으로 넘어갈 때 필요한 수치는 100. 경에서 강은 300, 강에서 패는 500, 패에서 존은 700, 마지막 극으로 넘어가기 위해선 1천이 필요하다.

여기서 축복, 언령과 같은 보너스 수치는 적용되지 않는다. 예를 들어 단계가 무일 때, 보너스 수치가 100이고 본래 능력치가 70이라면, 무−170으로 적용되는 것이다.

현재 정훈의 경지는 무. 경으로 넘어가기 위해선 100의 수치가 필요했다.

지금껏 모은 주사위를 '집약' 명령으로 3개 주사위로 뭉

첬다. 보이는 것은 고작 3개지만 지금 여기에 포함된 주사위
는 3,110개다.

"확률은 50퍼센트. 승산은 있다."

뜻 모를 말을 중얼거린 정훈이 마침내 결심을 굳힌 듯 주
사위를 허공에 던졌다.

빙글빙글 돌아가던 주사위가 지면으로 떨어졌다.

타타타타.

요란한 소리와 함께 집약되어 있었던 모든 주사위가 해방
되었다. 바닥을 장식하는 것은 3,110개에 달하는 주사위. 마
침내 작은 소동이 진정되고 주사위의 숫자가 정해졌다.

-더블! 한 번 더 찬스!

-대량의 주사위 더블에 성공. 언령 '운수대통' 각인.

놀랍게도 모든 눈금이 6을 가리키고 있었다.

'좋아!'

원하던 최상의 결과에, 몸속에서 느껴지는 강력한 힘을 만
끽했다.

한정훈	
근력(輕) : 140.3	강인함(輕) : 140.1
순발력(輕) : 140.1	마력(輕) : 140.1

단 한 번의 주사위로 무를 지나 경에 돌입했다.

게다가 경에 이른 그 수치는 139.

더는 그에게 입문자란 명칭은 어울리지 않았다.

이계에서 최소 반년 이상을 머무른 숙련가라 할 수 있을
것이다.

게다가 아직 끝이 아니다.

모든 숫자가 6이 되어 더블이 되었다.

3,110개나 되는 주사위에서 하나같이 같은 숫자가 나올
수 있다니.

어디 이게 말이나 될 법한 일인가.

'역시 초심자의 행운.'

그냥 운으로 치부할 수 없다.

이건 정훈이 게임을 하면서 발견한 숨겨진 시스템 중 하나

였다.

운명의 주사위를 최초로 돌릴 때 더블이 나올 확률은 50퍼센트로 보정된다.

정훈은 이것을 초심자의 행운이라고 부르곤 했는데, 기냐, 아니냐, 정확히 반의 확률은 그를 저버리지 않았다.

언령 : 운수대통

획득 경로 : 대량의 주사위로 더블 획득
각인 능력 : 더블에 성공한 주사위 수만큼 더블 확률 증가. 현재 증가 확률 31퍼센트

'하아?'

언령의 효과를 확인한 정훈은 놀랄 수밖에 없었다.

더블 확률이 31퍼센트 증가라니.

적어도 그가 기억하기엔 더블 확률에 관한 언령 중 가장 높은 게 5퍼센트에 불과했다.

그것도 초반이 아닌 중반 이후나 돼서야 얻을 수 있는 희귀한 언령이 그럴진대 31퍼센트의 효과를 극 초반에 얻게 되다니.

지금 이 순간만큼은 게임 최고 등급의 아이템인 태초급도 부럽지 않았다. 그만큼 더블 확률이 성장에서 가장 중요한 부분을 차지하기 때문이다.

이게 아니어도 가진 아이템 덕분에 누구보다 강력한 그인

데, 이제는 성장 속도마저 배에 달하게 된 것.

'더 빨리. 그리고 누구보다 강하게.'

그럼에도 목이 마르다.

아직 그의 갈증은 채워지지 않았다. 경이로울 정도의 성장 속도였지만, 그건 어디까지나 현 인류에 한한 것일 뿐이다.

'내가 알고 있는 모든 게 현실이 되었다면, 녀석들도 분명 존재하겠지.'

시작 지점부터가 다른 '그들'과 경쟁하려면 여기서 안주해 선 안 된다.

렐레고의 부적으로 아직 빛을 잃지 않은 주사위를 회수 했다.

더블로 인한 찬스. 다시 한 번 주사위가 허공을 날았다.

그리고 나온 숫자는 제각각이었다.

설혹 다시 한 번 똑같은 숫자가 된다 해도 한 번 더블 효 과가 적용된 주사위는 더블 찬스가 적용되지 않으니 상관없 었다.

한정훈

근력(輕) : 165.5   **강인함(輕)** : 152.6
순발력(輕) : 204.1   **마력(輕)** : 149.8
*언령
1등 사냥꾼(모든 능력치 +1)
운수 대통(주사위 더블 확률 +31퍼센트)

이번 주사위는 순발력에 편중된 경향을 보였다.

동체 시력 및 움직임에 영향을 주는 순발력은 정훈이 가장 중요시하는 능력치 중 하나다.

꽤 훌륭한 결과였다.

이로써 그의 능력치는 처음보다 몇백, 몇천 배 상승하는 쾌거를 이룰 수 있었다.

이제 마지막 시련을 통과하기 위한 첫 번째 과제인 능력치의 성장은 이루었다.

다음은 무구 차례.

기존에 입고 있던 길가메쉬의 여정을 비롯한 각종 무구를 벗어 보관함에 넣었다. 보관함 한편에 있는 몇 개 아이콘을 보며 '착용한다.'는 생각을 마치자 어느새 그의 복장이 바뀌었다.

짧은 손잡이와 중앙에 새겨진 번개 문양이 돋보이는 망치 묠니르를 쥐었다.

묠니르는 성물 등급의 아이템으로, 파괴력 하나만큼은 정훈이 지닌 무구 중 수위에 들 정도로 강력한 무기였다.

'전설을 쓸 수 있다면 좋겠지만.'

그가 지닌 무구 중 가장 높은 등급은 전설이다. 만약을 대비해 사용할 수 있다면 좋겠지만…….

'그랬다간 내가 먼저 죽어나겠지.'

이 보물이 요구하는 조건이 너무 까다롭다.

경에 이른 능력치로도 얼마 버티질 못할 것이다.

최소 패에 이르기 전까진 사용할 수 없을 터. 아쉽지만, 그 아래 단계인 성물로 장비를 꾸리는 수밖에 없었다.

무기는 전격의 망치 묠니르를, 몸을 감싸는 황금빛 갑옷은 아킬레우스의 무구를 착용했다.

유물급 세트 아이템이지만 모든 세트를 착용하게 되면 성물급 이상의 방어력을 자랑한다.

액세서리로는 황금 목걸이 올드, 은귀걸이 베르단디, 동반지 스쿨드, 세 개가 세트로 묶인 운명의 여신을 착용했다.

세 개가 모일 시 모든 속성 및 마법 방어력이 상승하는 세트 효과가 적용된다.

묠니르로 공격력을, 그리고 방어구와 액세서리로 방어 및 저항력을 챙긴, 오직 전투만을 위한 세팅. 조금 전과 비교하면 아이템만으로도 무력이 5배 이상 상승한 상태다.

'이게 끝이 아니지.'

아직 그의 준비는 끝나지 않았다.

보관함을 차지한 색색의 물약을 응시했다. 물론 당장 사용하는 일은 없었다. 제한 시간이 있는 물약의 경우는 적을 맞이하기 바로 직전에 사용해야 하기 때문이다.

준비를 일단락한 그는 나머지 휴식 시간 동안 체력을 회복했다.

─다음 시련까지 1분 전.

꽤 긴 시간이었는지 친절하게도 시련이 시작되기 5분 전부터 알려 줬다.

1분이 남았다는 알림에 보관함을 열었다.

그가 꺼낸 건 빨간색과 녹색 액체가 찰랑대는 물약이었다.

각기 헤라클레스의 분노, 헤르메스의 날개라 불리는 유일 등급의 물약이었다.

이 2개 물약은 그가 연금술 마스터일 때 만든 것으로, 복용하면 능력치가 일정하게 상승한다.

붉은색, 헤라클레스의 분노는 근력 50, 녹색 헤르메스의 날개는 순발력이 50 상승한다.

더 높은 등급, 그리고 다른 종류도 많지만, 선택의 제한이 있었다.

물약이란 건 인위적으로 만든 물질이다. 때문에 중독 수치라는 게 있어 과하게 복용할 경우 목숨에 지장이 생긴다.

정훈의 강인함 정도로는 묘약이라 칭해지는 유일급의 물약 2개가 한계였다.

"크으."

물약을 마신 정훈이 인상을 썼다.

물약은 정말 쓰다.

흡사 고삼차를 농축한 엑기스라고 하면 이해가 될까.

어김없이 찾아오는 떨떠름한 그 맛에 신음하며 입가를 닦았다.

이로써 모든 준비가 끝났다.

-열 번째 시련 시작. 적의 수는 1.

이윽고 마지막 시련이 시작되었다.

'하나?'

예상했던 것과 달리 적의 숫자는 하나.

의문은 잠깐에 불과했다.

1천 마리를 압도하는 1마리의 괴물이 나타날 것이다.

긴장으로 빳빳하게 굳어 가는 몸을 풀며, 열리는 문을 응시했다.

문이 열림과 동시에 한기가 스며들었다.

주변에 안개가 낀 듯 스산한 공기가 감돌았다.

이건 그냥 느낌이 아니었다.

하아ㅡ.

숨을 내쉴 때 하얀 입김이 같이 나왔다.

한기가 점차 강해지며 마침내 문이 활짝 개방되었다.

다그닥, 다그닥.

칠흑의 어둠을 헤치고 하나의 존재가 모습을 드러냈다.

음산한 기운을 발산하는 검은 갑주의 기사. 핏빛 망토 밑으론 투명한 말 형상의 유령 군마가 힘찬 투레질을 하고 있었다.

'죽음의 기사?'

투구 속에 감춰진 붉은 안광이 번뜩였다.

죽음의 기사. 생전에도 강력한 기사였던 그들은 저주, 혹은 사악한 존재의 이끌림으로 부정한 존재가 되었다.

이지理智 없이 산 자에 대한 증오로 움직이는 일반 언데드와 달리 전투 두뇌 그리고 정교한 검술과 강인한 체력, 거기에 다양한 부가 능력을 지닌 괴물 중의 괴물이다.

'네임드가 나올 줄이야.'

몬스터 중에서도 보다 강력한 힘, 특수한 능력을 지닌 개체를 네임드라 칭한다.

다행히 죽음의 기사는 네임드 중에서는 비교적 약한 개체에 속하는 편이긴 하지만……

'미친, 온전한 놈이잖아!'

경의 단계에 진입하면서부터 특별한 감각이라는 게 생겼다.

죽음의 기사에게서 줄기줄기 뿜어져 나오는 저 강력한 기운은 약화된 다른 몬스터와 달랐다.

네임드 몬스터가 온전한 힘을 지닌 채로 등장한 것이다.

아무리 네임드 중에선 약하다지만, 네임드는 네임드다.

지금까지의 시련을 통해 만난 모든 약화된 몬스터가 덤벼든다 한들 상대조차 될 수 없을 정도로.

'이걸 기획한 새끼는 미친놈일 거야.'

깨지 말라고, 죽으라고 만든 관문일 게 틀림없다.

"난 아니지만."

누군가에게는 존재 자체가 경악할 만한 녀석이지만, 정훈에겐 아니었다.

폴니르를 넣었다.

다수의 적을 상대할 때를 대비하기 위한 무기였기에 차선이 필요했다.

폴니르가 들어가고 대신 찬란한 빛을 뿌리는 트라이던트Trident를 꺼냈다.

어둠을 살라 먹는 창 브류나크. 성물급의 무기였다.

"어둠을 몰아내는 찬란한 빛이여."

시동어를 외쳤다.

그러자 오색 빛이 무기 주변을 감쌌다.

격이 아니다.

브류나크의 능력 중 하나인 광명光明 부여였다.

빛의 특이 속성 중 하나로, 어둠 속성의 적에 한해 대폭 상승한 피해를 준다.

"흡!"

숨을 참으며 다리에 힘을 주자 근육이 요동쳤다.

마치 부풀어 오른 것처럼 꿈틀대던 허벅지 근육이 절정에 이르렀을 무렵, 발에 힘을 주어 쏘아진 화살처럼 매섭게 달려 나갔다.

눈 깜짝할 사이 죽음의 기사를 창의 간극 안에 넣었다.

콰아아!

단순한 찌르기였다.

하지만 그것은 빛보다 빨랐고, 폭탄보다 더욱 강력한 힘을 내포하고 있었다.

콰앙!

창의 경로를 녹슨 방패가 막았다.

마치 폭탄이 터진 것처럼 어마어마한 굉음이 터져 나왔다.

둘의 경합으로 강력한 충격파가 발생했다. 이를 이기지 못한 정훈이 비틀거리며 뒤로 물러났다.

두 걸음. 하지만 죽음의 기사는 크게 낭패한 모습이었다.

방패를 놓친 채 군마에서 나동그라졌다. 불의의 일격을 어설프게 받아친 결과였다.

유령 군마에서 낙마한 이상 위력은 크게 준다.

기회는 쉽게 찾아오지 않는 법.

결정적인 빈틈을 포착한 정훈은 입가에 흐르는 선혈을 무시한 채 득달같이 달려들었다.

사선으로 찌른 창이 투구 사이 난 좁은 틈을 향해 쇄도했다.

위협을 감지한 죽음의 기사가 오른쪽으로 고갤 틀었다.

적을 지나친 브류나크는 지면 깊숙이 박혀 들었다.

지면은 전투를 대비한 강화 소재로 도배되어 있었지만, 지금 정훈의 파괴력은 그것을 웃돌고 있었다.

"웃!"

무를 뽑듯 힘을 주어 창을 빼내는 순간, 죽음의 기사가 몸통 박치기로 밀고 들어왔다.

틈을 주지 않으려는 돌발적인 공격이었다.

빙판길을 미끄러지듯 홀연히 뒤로 몸을 빼자, 목표를 놓친 죽음의 기사가 그 힘을 이기지 못한 채 앞으로 꼬꾸라졌다.

퍽.

힘찬 발길질이 복부를 강타했다.

그 힘이 얼마나 센지 중갑을 착용한 죽음의 기사가 튕겨져 나갔다.

날아가는 죽음의 기사에게 정훈이 따라붙었다.

C 자로 몸을 구부린 기사를 향한 오색 빛의 창이 번뜩였다.

날아가는 도중에도 붉은 안광은 창의 궤적을 놓치지 않았다.

카앙!

과연 생전에 정교한 검술을 지녔던 것을 과시하는 듯 뾰족한 검끝이 창을 상쇄시켰다.

저릿한 충격이 팔을 타고 전해졌다.

"쯧!"

다음 연계를 이어 가는 적을 본 정훈이 어쩔 수 없이 몸을 뺐다.

그사이 태세를 갖춘 죽음의 기사는…….

─생자여, 명예롭게 죽음을 맞이하라.

지하에서 울려 퍼지는 스산한 속삭임을 내뱉었다.

"명예로운 죽음은 개뿔. 너나 뒈져."

서로가 서로에게 칼을 겨누고 있는데 무슨 말이 필요할까.

전투로 한껏 고양된 정훈이 선공을 가했다.

손에 힘을 주어 창을 뻗었다.

빠르다. 오직 그것 말고는 표현할 길이 없었다.

빛의 실선을 그린 창이 곧게 뻗어 나갔지만, 이내 궤적이 끊겼다.

양상은 좀 전과 똑같았다.

죽음의 기사가 휘두른 녹슨 검이 창을 상쇄시켰다.

캉, 캉, 캉.

게임이라도 하듯 정훈의 공격은 검 끝에 상쇄되었다.

회피나 다른 방어도 가능할 텐데 굳이 상쇄라니.

'이 녀석 브레이커Breaker였군.'

정훈은 확신했다.

생전의 기억을 지닌 죽음의 기사. 당연히 각기 지닌 검술도 다양하다.

빠른 속도를 중점으로 하거나 강력한 파괴력, 화려한 연계, 다양한 검술이 있는데 그중 가장 까다로운 녀석을 꼽자면 바로 브레이커라 불리는 녀석들이다.

브레이커. 말 그대로 파괴하는 이를 말한다.

그들이 파괴하는 것은 하나. 바로 적의 무기다.

'사死에, 부腐, 그리고 강鋼 속성까지 부여되어 있겠지.'

녹이 잔뜩 슬어 볼품없어 보이는 검이지만, 저 검에는 3개의 속성이 부여되어 있을 터였다.

죽음의 기사가 기본적으로 지닌 사, 그리고 무기를 부식시키는 부, 마지막으로 어떠한 충격에도 견딜 수 있도록 강.

무리하면서까지 공격을 상쇄시키는 건 이러한 이유에서였다.

부딪치면 부딪칠수록 무기는 부식된다.

그리고 종래에는 힘없이 두 동강 날 게 틀림없다.

'어디 한 번 어울려 보자!'

의도를 알았음에도 물러서지 않았다.

지지 않겠다는 듯 죽음의 기사와 어울렸다.

빠캉.

강렬한 파열음과 함께 무기가 그 쓸모를 다했다.

-안식을 얻으라!

상대의 무기가 부서졌다.

득의양양한 죽음의 기사가 귀기 어린 안광을 내뿜었다.

"뭔 개소리야?"

어처구니없다는 듯 실소한 정훈이 브류나크를 흔들었다.

처음과 달리 오색 빛이 옅어지긴 했지만, 한 군데도 상한 곳 없이 멀쩡한 모습이었다.

만약 죽음의 기사가 언데드가 아니라 살아 있는 자였다면 놀라 헛바람을 들이켰을 것이다.

붉은 안광이 자신의 무기 쪽으로 향했다.

150센티미터의 길이를 자랑했던 장검이 보기 좋게 두 동강 나 있었다.

죽음의 기사가 한 가지 간과했던 사실.

그것은 정훈의 브류나크가 빛의 상위 특이 속성인 광명이었다는 점이다.

3개 속성이 혼합되어 있다지만, 죽음의 기사가 지닌 무기는 어둠의 속성에 기반을 두고 있다.

그렇지 않아도 빛과는 상극인데, 그중 특히 어둠을 살라먹는 광명과 계속 부딪쳤으니 힘을 견디지 못하고 부러지는 건 당연한 일이었다.

-군마여, 나에게…….

일이 틀어진 것을 깨달은 죽음의 기사가 다급히 유령 군마를 불렀다.

하지만 그보다 정훈의 움직임이 더 빨랐다.

지면을 박차 공중으로 몸을 솟구친 그는 브류나크를 사선으로 찍어 내렸다.

히힝—.

브류나크에 관통당한 유령 군마가 앞발을 들며 고통에 몸부림쳤다.

물리적인 타격에 면역인 녀석도 광명 앞에서는 취약이었던 것이다.

그 한 번의 공격으로 유령 군마의 육신이 안개처럼 흩어졌다.

다시 말의 형상을 취하기 위해서는 시간이 걸릴 것이다.

정훈의 공격은 그것으로 끝이 아니었다. 지면에 착지함과 동시에 발을 굴러 앞으로 쏘아져 나갔다.

죽음의 기사가 팔을 위로 들어 올리는 시늉을 하자…….

드드득—.

고슴도치처럼 지면을 뚫고 나오는 게 있었다.

—일어나라, 어둠의 권속들이여.

죽음의 기사가 지닌 또 다른 권능인 어둠의 권속. 생전에 높은 지위에 있었던 녀석은 자신의 병력을 부릴 수 있다.

땅속을 뚫고 나온 것은 뼈밖에 남지 않은 해골 병사들이었다.

죽음의 기사와 달리 조촐한 무구로 무장한 녀석들은 곧장 정훈을 향해 무기를 휘둘렀다.

예상했던 바인지라 정훈은 창을 찌르는 게 아닌 횡으로 휘둘렀다.

반원을 그린 궤적에 닿은 해골 병사들의 뼈가 산산이 부서졌다. 아니, 부서지다 못해 재가 되어 휘날렸다.

광명은 하급 언데드가 감당할 수 있는 게 아니었다.

하지만 죽음의 기사가 노린 건 시간 끌기. 목표는 멀리 있는데 아직 앞을 가로막은 해골 병사들이 한 무리였다.

'여지를 둬선 안 된다.'

기회는 생겼을 때 파고들어야 하는 법.

"흐읍!"

브류나크를 고쳐 잡았다.

양손으로 창대를 쥔 그는 있는 힘을 다해 투창했다.

그의 손을 떠난 브류나크가 목표인 죽음의 기사를 향해 날아갔다.

쐐애액-.

바람을 가르는 소리가 제법 매섭다.

투창이라니. 설마 강력한 무기를 던질 줄은 몰랐던 죽음의 기사는 변칙적인 공격을 허용할 수밖에 없었다.

콰득.

갑옷과 함께 그 속에 감춰져 있던 뼈가 박살 났다.

-크으으.

언데드는 고통을 느끼지 않는다.

하지만 죽음의 기사는 고통에 찬 신음을 내뱉고 있었다. 사자의 육신이 아닌 혼에 피해를 받았기 때문이다.

관통당한 부위가 파랗게 물들며 타들어 갔다.

'아직.'

과감히 브류나크를 버린(?) 정훈은 애써 마련한 기회를 놓치지 않았다.

화악-!

찬란한 빛이 사방을 뒤덮었다.

아침의 햇볕과 같이 따스하면서도 포근한 황금빛 광채. 그것은 정훈이 쥔 검에서 뿜어져 나오는 것이었다.

"여기, 약속된 승리의 검이 왔노라."

찬란한 서광에 휩싸인 성검 엑스칼리버를 뽑으며 외쳤다.

주변으로 뻗어 나가던 황금빛 광채가 검에 모여들기 시작했다.

압축된 기운이 절정에 이르렀을 무렵이었다.

"그만 꺼져."

정훈은 싱긋 웃으며 횡으로 베었다.

강렬한 황금 색채를 품은 반월형의 검기가 해골 병사와 죽음의 기사를 덮쳤다.

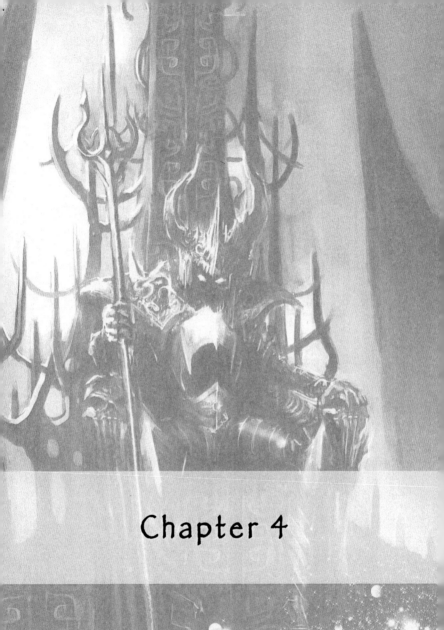

Chapter 4

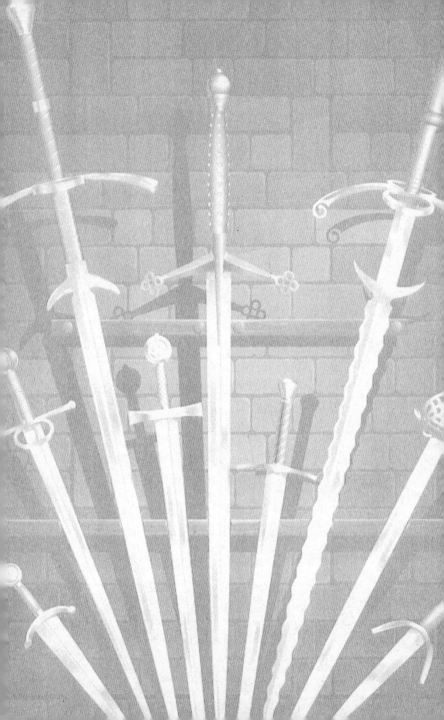

어떤 소음도 없었다.

다만 조금 전까지 존재했던 적의 흔적이 사라졌을 뿐, 성검이 지닌 파괴력은 작은 흔적조차도 허락하지 않았다.

호랑이는 죽어 가죽을 남기고, 몬스터는 전리품을 남긴다.

이 절대적인 게임의 법칙을 읊조린 정훈은 눈앞에 펼쳐진 파라다이스를 바라봤다.

죽음의 기사가 남긴 전리품이 뽐내듯 반짝이고 있었다.

-열 번째 시련 종료.

-생존 인원 1.

-단신으로 열 번째 시련 해결.

-불가능한 업적을 이뤄 낸 입문자에게 모든 능력치 51.2 상승의 축복을.

-최초로 네임드 몬스터 처치. '언령 : 첫발을 내디딘 영웅' 각인.

-최초로 모든 시련 극복. '언령 : 시련을 이겨 낸 자' 각인.

-모든 시련을 단신으로 극복. '언령 : 천상천하유아독존' 각인.

보상은 전리품만이 아니었다.

능력치 상승과 3개의 언령을 추가로 획득할 수 있었다.

언령 : 첫발을 내디딘 영웅

획득 경로 : 최초로 네임드 몬스터 처치

각인 능력 : 모든 능력치 10 증가

언령 : 시련을 이겨 낸 자

획득 경로 : 10개의 시련에서 생존

각인 능력 : 모든 능력치 50 증가

언령 : 천상천하유아독존

획득 경로 : 10개의 시련을 단신으로 극복

각인 능력 : 파티 상태가 아닐 때 모든 능력치 30, 모든 저항 10퍼센트
　　　　　상승

'호오.'

정훈은 이 놀라운 보상에 놀람을 감추지 못했다.

언령에 부여되는 효과 중 가장 좋은 것을 꼽자면 올 능 증

가다.

이건 각 단계가 뚜렷이 나뉜 능력치 시스템 탓인데, 현재 정훈은 91의 추가 능력치 보너스를 받고 있다.

이는 경을 지나 패의 경지에 들어서도 똑같이 적용된다.

쉽게 말해 어떤 경지에 올라가든 추가 능력치 91의 보너스를 받게 되는 것이다.

'불가능한 업적이었으니까 당연한 건가.'

생각해 보면 그럴 만도 했다.

입문자가 이 10개의 시련에서 살아남는 건 불가능한 일이었으니 과한 보상이라고는 말할 수 없다.

'놈들이 강한 이유가 이거였어.'

정훈은 느낄 수 있었다.

게임 속에서도 초월적 무력을 지녔던 NPC, 그들을 현실이 된 이곳에서 조우하게 될 거란 걸.

'그래도 최초 처치는 내가 가져갔다.'

조금 위안 삼을 수 있는 사실은 최초로 네임드를 처치한 항목이다.

최초 언령은 이곳뿐만 아니라 모든 곳에서 시행되는 입문자 시련 중 처음으로 달성한 이에게만 주어지는 것이다.

정훈이 먼저 획득했으니 네임드를 처치하더라도 이를 획득하진 못하리라.

'그래. 차이를 벌리기 위해선 최초 업적이 필요해.'

내가 강해지는 것만으로는 차이를 벌리는 게 힘들다.

최대한 다른 이들이 위업을 달성하지 못하도록 선점해야 할 것이다.

새로운 계획에 만족하며 렐레고의 부적을 발동했다.

이내 그의 보관함에 새로운 아이템이 들어찼다.

재료나 기타 잡동사니는 눈에 들어오지 않았지만.

'이건?'

관심을 끈 건 흐릿한 안개로 뭉쳐진 공이었다.

"유령 군마의 혼!"

오직 죽음의 기사만이 드롭하는 고유 아이템.

탈것인 유령 군마를 소환할 수 있는 상당히, 아니, 극악한 확률을 자랑하는 희귀 아이템이었다.

'거참.'

감회가 새롭다.

유령 군마를 얻기 위해, 존재하는 죽음의 기사란 기사는 모두 처치하고 다녔다. 하지만 극악한 확률을 증명하듯 10년간 구경도 못 했었는데…….

'여기서 볼 줄이야.'

길가메쉬의 여정과 같이 아이템 드롭 확률 세팅도 아닌데 얻은 것이다.

새삼 될 놈은 뭘 해도 된다는 말이 떠올랐다.

소중히 혼을 갈무리한 그는 시선을 옅은 붉은빛 씨앗으로 돌렸다.

생김새는 복숭아 씨앗과 비슷하지만, 은은하게 흘러나오는 붉은빛이 뭔가 범상치 않았다.

'운이 트이긴 했네. 씨앗도 나오고.'

네임드가 왜 네임드인가.

그건 일반 몬스터가 드롭하지 않는 특별한 아이템을 주기 때문이다.

지금 정훈이 보고 있는 씨앗이 그중 하나였다.

각 티어마다 보정이 들어가는 운명의 주사위완 달리 이 씨앗은 단계에 상관없이 능력치를 10 상승시켜 준다.

눈앞에 있는 붉은 씨앗은 힘의 씨앗으로, 복용하는 즉시 근력이 10 상승한다.

정훈이 뚫어지게 씨앗을 응시했으나, 그것을 사용하는 일은 없었다.

고작 경이다. 지금 사용하는 건 씨앗에 대한 모독이다.

'최소 패. 혹은 위험한 상황 전까진 아껴 두자.'

당연히 능력치의 단계가 높아질수록 씨앗의 효용성이 커진다.

유령 군마의 혼과 힘의 씨앗을 제외하면 그리 눈에 띄는 건 없었다.

혹시 빠뜨린 게 없는가 싶어 둘러보았다.

하지만 렐레고의 부적은 단 하나의 전리품도 남기지 않

았다.

이제 여기서 할 일은 끝났다.

남아도는 열쇠 중 하나로 문을 열어 그곳으로 들어갔다.

***

눈을 따갑게 하던 빛이 가시는 것을 느꼈다.

그제야 시야를 확보한 정훈이 주변을 둘러봤다.

입문자의 방이 아닌, 전혀 새로운 곳에 도착한 상태였다.

무성한 수풀, 오지에서나 볼 법한 높게 솟은 거목이 빛을 차단하고 있는 곳. 마치 아마존을 연상케 하는 원시의 숲이었다.

사람을 압도하는 묘한 분위기가 숨을 턱 막히게 한다.

물론 정훈은 미지의 세계에 대해 두려움이 없었다.

적어도 이곳에서 그는 절대라는 말이 어울릴 정도의 힘을 지닌 존재였으니까.

'일단 길을 찾아야겠지.'

길을 찾는 건 무력과는 별개의 영역이었다.

평소 길눈이 어두운 정훈은 길을 찾는 데 꽤 많은 시간을 허비했겠지만, 지금 그에겐 유용한 아이템이 있다.

보관함에서 황금나침반을 꺼냈다.

사실 나침반이라고 부르기도 모호하다.

보통은 동서남북의 지표가 새겨져 있어야지만, 이 나침반은 방향을 지시하는 침만 있을 뿐 지표가 존재하지 않았다.

'내겐 최고의 아이템 중 하나지.'

부실해 보여도 이건 정훈이 가장 아끼는 아이템인 지식의 나침반이었다.

현재 사용자가 처한 상황에 따라 길을 제시한다.

길, 사람 찾기 등 여러 용도로 사용되는 유용한 아이템.

탁.

힘을 주어 나침반을 치자 요란하게 돌던 침이 한쪽을 가리켰다.

'오른쪽.'

이내 그곳을 향해 걸음을 옮기는 그에게 망설임은 없었다.

숲의 이름은 없었다. 다만 인간의 접근을 허락지 않는 오지라는 것만 알려졌을 뿐.

생태계의 파괴자가 없는 숲은 다양한 식물과 곤충, 그리고 동물의 보금자리로 바뀌었다.

인간이 없는 가장 자연스러운 곳. 언뜻 보기엔 아무 문제 없어 보이지만, 문제는 이곳에 서식하는 종이 매우 포악하게 진화했다는 점이다.

와그작.

거대한 턱관절을 움직여 먹이를 씹었다.

형편없이 찢긴 먹이는 붉은 달 곰이라는 포악한 맹수 중하나였다 .

최대 3미터에 육박하는 이 포식자를 잡아먹을 수 있는 종이 있다니.

녹색 피부, 얇게 포개진 날개, 힘이 느껴지는 강인한 뒷다리와 튀어나온 눈 그리고 더듬이까지. 메뚜기와 생김새가 비슷했다. 아니, 어딜 봐도 메뚜기가 분명했다.

일반적인 것과 다른 점을 꼽자면 붉은 달 곰마저도 아담해 보이는 거대한 덩치였다.

이 거대 메뚜기는 턱 관절을 쉴 새 없이 움직여 맛있는 고기를 삼키고 있었다.

행복한 식사였다. 적어도 불청객의 방문을 받기 전까지는 말이다.

파직.

둔탁한 소리와 함께 거대 메뚜기의 식사가 중단되었다.

더는 움직이는 일이 없었다.

꼬리 부근부터 시작해 머리로 이어지는 부분이 횅하게 뚫려 있었던 것이다.

뚫린 상처 사이로 푸른색 전격이 지직거리며 매캐한 냄새를 풍겼다.

후웅후웅.

메뚜기를 관통한 채 공중을 선회하던 망치가 주인의 손에 돌아갔다.

손잡이가 기형적으로 짧은, 헤드 중앙에는 번개 문양이 그려져 있는 망치였다.

폭풍의 망치 묠니르. 이제 갓 서막에 접어든 지금엔 볼 수 없는 성물급의 무기였다.

"이제 다 온 것 같긴 한데."

간단히 거대 메뚜기를 처치한 사내, 정훈이 중얼거렸다.

지식의 나침반이 제시한 방향에 따라가길 1시간.

침이 심하게 요동치고 있는 게 목적지에 거의 도달했음을 알려 주고 있었다.

"음?"

갈 길을 가려던 그가 잠시 멈췄다.

붉은 달 곰의 옆에 잔해가 눈에 띄었던 것이다.

그것은 이곳의 야생동물이 아니었다.

내장이 뜯겨 나가 갈비뼈가 훤히 드러난 시체의 정체는 인간이었다.

마을을 찾는 도중 수도 없이 많은 시체를 봤지만, 걸음이 멈춘 것은 처음이었다.

그도 그럴 게 낯익은 얼굴이었기 때문이다.

가장 먼저 열쇠를 획득한 후 생존자들을 내친 노인이었다.

무슨 일이 있었던지 부릅뜬 두 눈에서는 피눈물이 흐르고 있었다.

어차피 누군가는 죽고, 누군가는 살아남는다. 살리려면 살릴 수도 있었겠지만, 그럴 필요성을 느끼지 못했다.

그렇다고 마냥 사람들의 죽음을 방관하지만은 않을 것이다.

다만 자신에게 도움이 될 만한 이들을 원한다.

고작 여기서 죽을 정도면 일찍 죽는 게 낫다.

시체에서 눈을 뗀 그는 요동치는 나침반의 침이 가리키는 곳으로 움직였다.

노인의 시체를 발견하고서도 꽤 먼 거릴 이동했다.

자신을 향해 이를 드러내는 거대 괴물들을 차례로 밟아 주길 얼마. 마침내 멀찍이 나무로 만든 목책이 나타났다.

얼기설기 지었지만, 짐승의 침입 정도는 막을 수 있을 듯한 울타리였다.

'드디어!'

1시간 하고도 20분 만의 도착이었다.

반가운 마음으로 한달음에 달려갔다.

드디어 드나들 수 있는 정문 입구에 다다랐다.

"어서 오십시오. 팔락스 마을에 오신 것을 진심으로 환영합니다."

나무에 철판을 덧댄 갑옷을 입은 자경대가 그를 반겼다.

익숙하게 고개를 끄덕여 인사를 대신한 그가 목책을 넘어 마을 안으로 들어섰다.

빨갛고, 노랗고, 파랗고……. 다양한 색상의 지붕과 굴뚝에서 나오는 연기와 거리를 다니는 사람들의 미소가 정겨웠다.

한적한 유럽의 시골 풍경을 보는 듯했다.

마음마저 평화로워 보이는 광경에 마음이 놓일 만도 하지만, 정훈의 얼굴은 무덤덤했다.

다른 이들에겐 몰라도 적어도 그에겐 이곳은 미소를 지을 만큼 정겨운 곳이 아니었다.

"어이쿠, 이거 모험가님. 이곳은 처음이신가요?"

마을에 들어서기 무섭게 반갑게 말을 붙이는 이.

사람 좋아 보이는 미소를 띤 갈색 수염의 중년인이었다.

'시작됐군.'

누군가에겐 지울 수 없는 기억으로 남은 입문자 헌팅.

"참 낯선 곳이죠. 하하, 하지만 안심하십시오. 이 베라톤이 확실하게 안내를 해 드리겠……."

"꺼져."

물론 그에겐 통용되지 않는 말이다.

더는 들을 가치도 없다는 듯 정훈이 그를 지나쳤다.

"자, 잠시만……."

어깨를 잡아 돌려세우려 했지만, 미끄러지듯 그 손길을 피해 걸어갔다.

중년인, 베라톤은 멍하니 자신의 손을 응시했다.

마치 잡히지 않는 유령에 손댄 것처럼 움직임을 예측하기가 불가능했다.

"허?"

베라톤을 따돌린 정훈은 주변을 둘러보고 있었다.

단순히 풍경을 감상하는 게 아닌, 일반 가정집 이외에 특정한 그림이 그려진 나무 팻말을 확인하는 중이었다.

팻말에는 각각의 독특한 문양이 그려져 있었는데, 이는 상점을 나타내는 고유 표식이다.

흘깃 보는 것만으로도 그 상점이 어떤 역할인지 확인하는 건 어렵지 않은 일이었다.

얼마쯤 걸었을까.

깡, 깡-.

조금은 둔탁한, 쇠와 쇠가 부딪치는 소리가 가까이 들려왔다.

소리의 근원지를 향해 걸어갔다.

곧 망치와 모루가 그려져 있는 대장간을 확인할 수 있었다.

열기가 느껴지는 가열로 앞, 붉게 달아오른 쇠를 두드리는 근육질 사내가 있었다.

"볼일이 있는데."

어느새 대장장이에게 다가간 정훈이 말을 붙였다.

"어휴, 어서 오십시오, 모험가님. 뭐 필요하신 거라도 있으신가요?"

곧장 작업을 멈춘 대장장이가 공손한 태도를 취했다.

"대장간을 대여하고 싶어서."

병장기를 사려던 게 아니었나.

대장장이는 당황스러움을 감추지 못했다.

"흐음, 그건 좀 힘들 것 같은데요. 아시다시피 하루하루 입에 풀칠하는 처지라 수입이 없으면 생계가 곤란해서 말이죠. 아, 그 대신 마침 좋은 게 하나 들어왔는데 구경 한번 해 보시지 않겠습니까. 특별히 모험가님께는 싸게 드리겠습니다."

직접 제작해 쌓인 무구를 뒤적거린다.

"그건 필요 없고."

더 길게 말하고 싶은 마음이 없다.

미리 준비해 놓았던 것을 꺼내 모루에 던졌다.

"어억?"

얼마나 놀랐는지 대장장이 알렌은 두 눈을 부릅떴다.

모루에 떨어진 것은 녹슨 검이었다.

외형만 보면 형편없었다.

하지만 그 주변을 감싸고 있는 녹색 불길한 기운이 검의 예기를 더하고 있으니…….

꿀꺽-.

침을 넘기는 소리가 요란하다.

명색이 대장장이인 그가 이 검의 가치를 모를 턱이 없다.

저주받은 검, 죽음의 기사가 드롭하는 고유 아이템 중 하나다.

무려 유일의 무기로, 현재로썬 상상할 수 없는 어마어마한 가치의 보물이었다.

물론 정훈에겐 가장 쓸모없는 아이템 중 하나였지만 말이다.

"이, 이걸 어, 어디서……?"

심하게 말을 더듬었다.

"이 정도면 100일 정돈 대여할 수 있겠지?"

'100일이 아니라 1년도 가능하겠지만.'

정훈이라고 가치를 모르는 게 아니었다.

다만 100일 이상은 필요 없기에 제안한 것이다.

'100일이라고?'

하지만 알렌의 생각은 달랐다.

이런 보물을 내어놓고 100일을 말한 걸 보니 얼뜨기가 분명했다.

검과 정훈을 번갈아 응시하던 그의 얼굴에 표독함이 스며들었다.

"이런, 이런. 이거 모험가님께서 너무 세상 물정을 모르시는 것 같군요. 흠. 어딜 봐도 이건 고철이지 않습니까. 녹이 슬어 있는 데다가 불길한 기운도 느껴지는 게 저주라도 걸린 게 아닌지……. 뭐, 그래도 수집하는 가치는 있는 듯하니……. 좋습니다. 좋아요. 이 정도면 열흘 정도는 빌려 드릴 수 있겠군요."

'역시 예상했던 대로네.'

알렌의 행동은 정훈의 예상에서 한 치도 빗나가지 않았다.

후려치려는 상대의 의도가 빤히 보였다.

"그럼 말든가."

소중하게 품에 안은 검을 낚아채듯 빼앗았다. 그러곤 뒤도 돌아보지 않은 채 대장간을 나오려고 했다.

"잠깐, 잠깐만!"

아쉬운 쪽인 알렌이 다급히 그를 막아섰다.

얼마나 다급했는지 넘어지면서도 정훈의 바짓가랑이를 붙잡고 있었다.

"왜?"

"하, 하하, 모험가님. 성질이 아주 급하시군요. 뭐 그리 바쁜 일이 있다고 서두르십니까."

"바쁜 일 많아. 간다."

"자, 잠깐. 잠깐만. 제 이야기 좀 들어 보십시오. 으, 으흠, 다시 생각해 보니 이건 꽤 수집품으로 가치가 있는 것 같습니다. 그래도 100일은 좀. 백번 양보해서 50일, 50일 정도가 어떻겠습니까. 이 정도면 저도 많이 양보……."

그의 말은 이어지지 못했다.

어느새 정훈이 멀어져 가고 있었기 때문이다.

"아악, 모험가님!"

다급히 달려가 붙잡는다.

평범한 사람이라고 보기엔 움직임이 기민했다.

"허, 허억. 무슨 걸음이 그리 빠르십니까."

그냥 걸었을 뿐인데 순식간에 멀어졌다. 의문을 느낄 만한 상황이었지만, 지금 그는 눈앞의 이익에 눈이 먼 상태였다.

"제가 졌습니다. 100일로 하시죠!"

'쯧.'

인심 쓰듯 말하는 그의 태도가 마음에 들지 않았지만, 당장 자신에게도 대장간이 필요했다.

손에 쥔 검을 알렌 근처로 던졌다.

"히익!"

놀란 알렌이 바닥에 떨어진 검을 소중히 품에 안았다.

검을 바라보는 그의 얼굴이 몽롱하다. 그 몽롱한 얼굴도 잠시, 그의 고개가 빠르게 좌우로 돌아가더니 이내 정훈을 똑바로 응시했다.

씨익.

비열한 미소를 지은 그가 등을 돌리더니 그길로 무작정 달리기 시작했다.

'곧 돌아오겠지.'

알렌이 돌아올 것임을 확신했다.

석고상이 된 것처럼 한동안 그 자리를 지키고 있었다.

과연 얼마 지나지 않아 알렌이 돌아왔다.

혼자가 아니었다.

그의 양옆으로 2명씩, 총 4명의 건장한 사내들이 함께였다.

"허, 여기 있었네?"

정훈을 발견한 그가 반색했다.

"무슨 일이지?"

모르는 척 물었다.

"아아, 별건 아니고. 사소한 문제를 발견해서 말이야."

반말이다. 게다가 조금 전과 달리 말투에선 숨길 수 없는 껄렁함이 묻어 나왔다.

"말해 봐."

"아까 그 검 말이야. 그게 지독한 결함이 있더라고. 한 번 휘두르니까 팍!"

과장된 동작으로 검이 부러진 연기를 보였다.

"하고 부서졌지 뭐야."

"부서졌다?"

"그래. 부서졌어. 팍 하고 말이야."

정훈의 시선이 알렌에게서 벗어나 양옆의 사내들에게 향했다.

다들 흉흉한 눈빛을 띠고 있는 게 작당을 하고 온 게 틀림없다.

'그래. 니들이 그렇지.'

팔락스 마을.

통칭 거짓의 마을로 불리는 곳이다.

"혓바닥이 왜 이렇게 길어? 얼른 덤벼."

이 무의미한 대화를 끝내는 방법은 단 하나. 정훈이 도발하며 손을 까닥거렸다.

"하! 사기꾼 새끼가 배짱은."

알렌의 시선이 좌우로 향했다.

4명의 사내가 한 발자국 앞으로 나섰다. 아니, 그들의 발이 막 지면에 닿는 순간 정훈이 먼저 움직였다.

쏜살같이 뛰어간 그의 주먹이 웃통을 깐 사내의 복부에 틀어박혔다.

"커흑!"

기습을 감지하지 못한 그의 입에서 진득한 침과 함께 신물이 나왔다.

배를 부여잡은 그의 허리가 새우처럼 굽었다.

자연스레 숙인 머리. 너무도 알맞게 위치한 사내의 머리를 무릎으로 찍었다.

콰작.

신음조차 흘리지 못한 사내가 지면에 엎어졌다.

"이런 쌍!"

상스러운 욕설과 함께 사내들이 움직였다.

그저 평범한 마을 사람들이 아니다.

그들 모두 단련된 이들. 현재의 입문자 수준이라면 한 트럭을 갖다 놔도 해치울 수 있는 실력자들인 것이다.

정훈의 실력이 범상치 않다는 것을 깨달은 세 명이 합공을 시작했다.

어지러이 손발이 날아왔지만, 정훈은 그 모든 움직임을 꿰고 있었다.

오른쪽 관자놀이로 향하는 주먹을 가볍게 쳐 경로를 바꾸었다.

공격 후에 드러나는 빈틈. 사내의 품 안으로 뛰어 들어가 턱을 올려쳤다.

"퍽!"

기괴한 소리와 함께 사내의 몸이 떠올랐다. 잠시 허공에 뜬 그를 바라보던 정훈의 오른발이 옆구리를 찼다.

콰드득.

뼈가 부러진 사내가 실 끊어진 연처럼 힘없이 날아갔다.

동료가 당했지만, 빈틈을 놓치지 않겠다는 듯 남은 두 사내가 양옆에서 달려들었다.

뒷걸음질 치며 살짝 물러나자 가속이 붙은 둘이 서로의 얼굴을 박았다.

"아흑!"

둘은 코를 부여잡은 채 고통에 몸부림쳤다.

꺼지듯 그 자리에서 사라진 정훈이 오른편의 사내에게 접근했다.

퍼퍼퍽.

종아리, 명치, 관자놀이에 이르는 발 차기.

연달아 세 번 얻어맞은 사내는 신음도 지르지 못한 채 쓰러졌다.

엎어진 사내를 정훈이 공 차듯 세게 걷어찼다.

지이익.

지면에 닿은 채 미끄러진다.

그 장면은 마치 싸구려 액션 영화를 보는 듯했다.

하지만 이건 연기가 아니다. 어마어마한 위력이 실린 그의 발길질에 사내는 즉사했다.

앞선 2명도 마찬가지였다. 순식간에 3명을 죽음으로 인도한 정훈은 남은 사내를 향해 다가갔다.

여전히 코를 부여잡고 있었지만, 돌아가는 상황은 파악한 뒤, 그의 눈에 두려움이 어렸다.

"제, 제발 목숨만……."

퍽-.

채 말을 끝맺기도 전 정훈의 주먹이 안면에 틀어박혔다.

두개골이 함몰된 사내 또한 다른 동료들과 같이 죽음을 맞이했다.

이계의 주민들이라곤 하나 사람이다. 하지만 생명을 죽인 데 대한 죄악감은 들지 않았다.

그들보다 약했다면 죽는 건 자신이었을 것이다.

약하면 죽는다.

이 세계에서 동정심의 가치는 자만이자 태만에 불과했다.

"여어."

반가운 듯 손을 치켜든 그의 시선이 오들오들 떨고 있는 알렌에게 향했다. 하지만 알렌은 반갑게 손을 든 그의 모습에서 죽음의 공포만을 떠올리고 있었다.

"어, 으, 아!"

뜻을 알 수 없는 괴성을 내던 그에게 정훈이 다가갔다.

"사, 살려 주십시오."

괴물을 건드렸구나. 뒤늦게 자신의 실수를 깨달은 알렌이 넙죽 엎드렸다.

"실수였습니다. 네. 실수였고말고요. 생계가 어려워 욕심에 눈이 멀었지 뭡니까. 제가 원래 이런 사람이 아닌데. 토끼 같은 다섯 자식과 여우같은 마누라, 그리고 몸이 편찮으신 노모가……."

"없잖아."

이게 어디서 약을 팔아.

정훈은 코웃음 쳤다.

자식과 노모는커녕 불륜은 물론 자신의 대장장이라는 위치를 이용해 여자의 몸을 요구하는 쓰레기가 바로 이놈이었다.

"어차피 넌 죽어."

물론 그런 이유가 없었다고 해도 자신을 노렸으니 응당 죽였을 것이다.

"싫어. 난 죽기 싫다고!"

자신의 운명을 깨달았음일까. 외마디 비명과 함께 반대편으로 쏜살같이 뛰어갔다.

엄연히 마을의 일원. 그의 뜀박질은 생각보다 더 빨랐다.

만약 그 상대가 정훈이 아니었다면 충분히 도망갈 수 있었을 것이다. 하지만 그의 걸음은 채 열 걸음을 넘지 못했다.

파직.

푸른 전격을 두른 망치, 묠니르가 그를 쫓았다.

"히익!"

기겁한 알렌이 젖 먹던 힘을 다해 다리를 놀렸다.

하지만 그리 큰 힘을 주어 던지지 않았음에도 빠른 속도로 날아간 묠니르는 정확히 알렌의 머리를 부수고 지나갔다.

그 광경이 그리 잔인하진 않았다.

묠니르에 담긴 전격이 뇌수는 물론 피마저도 모두 태워 버렸기 때문이다.

방해꾼을 모두 치워 버렸다.

이제는 자신 소유가 된 대장간에 들어가자 가열로에서 뿜어져 나온 열기가 잡념을 떨쳐 내 주었다.

시작해 볼까.

속으로 중얼거린 그는 착용하고 있던 아이템을 교체했다.

마술을 부리듯 순식간에 차림이 바뀌었다.

겉면이 매끈한 가죽 소재의 멜빵 작업복과 고무장갑을 연상시키는 두꺼운 장갑과 장화.

전과 달리 볼품없는 행색이었다.

'행색은 영락없는 거지꼴인데 말이야.'

외형만 보자면 그렇다. 하지만 이 비루한 작업복의 등급은 유물이다.

작업복과 장갑, 장화의 3개로 이루어진 불카누스의 영광 세트.

하나하나만 따로 보면 희귀에도 미치지 못할 성능을 자랑하지만, 3개가 모두 모이면 비로소 유물의 가치를 지니게 된다.

망치 한 번 잡아 보지 못한 초보 대장장이를 숙련가로 보정시키는 데다가 제작하는 무구의 대성공 확률을 무려 5퍼센트 상승시킨다.

대성공이란 예상보다 높은 등급의 무구를 제작하는 확률을 말하는 것이다.

숙련가 단계에서 얻을 수 있는 보너스 10퍼센트, 거기에 아이템의 5퍼센트가 더해지니 현재 그의 대성공 확률은 15퍼센트에 달했다.

단숨에 숙련 대장장이가 된 정훈은 대장간 주위를 둘러봤다.

여기저기 쌓여 있는 재료가 들어왔지만, 척 보기에도 질이 별로다.

"스스로 구하는 수밖에."

보관함에 재료가 없는 건 아니지만, 하나같이 고급의 것뿐이었다.

현재 숙련도로는 다루는 게 불가능하니 생산 숙련도를 올리기 위한 재료는 자급자족하는 수밖에 없었다.

'쯧, 꽤 시간이 걸리겠어.'

생산 관련 중에서도 대장 숙련도를 올리는 게 가장 시간이 오래 걸린다.

재료도 직접 공수해야 하니 그 시간이 더 소요될 터였다.

'별수 없지.'

어차피 이곳에서 할 일은 많지 않다.

우선은 각종 생산 숙련도를 올려 성장의 발판을 마련한다. 그 첫 번째가 대장 일이 될 것이다.

'연습에 필요한 재료는 널려 있으니.'

질은 떨어지지만, 연습에는 안성맞춤인 셈이다.

알렌이 작업을 멈춘 모루, 그곳에 벌겋게 달아오른 쇳덩이가 놓여 있었다.

단조鍛造를 위해 망치를 들었다.

거무튀튀한 금속 재질의 그것은 알렌이 사용하던 것이 아니었다.

불과 대장장이의 아버지라 불리는 헤파이스토스의 망치.

생산 도구 주제에 성물급을 자랑하는 망치가 달아오른 쇠를 가격했다.

까앙.

청아한 그 소리가 마을에 널리 퍼져 나갔다.

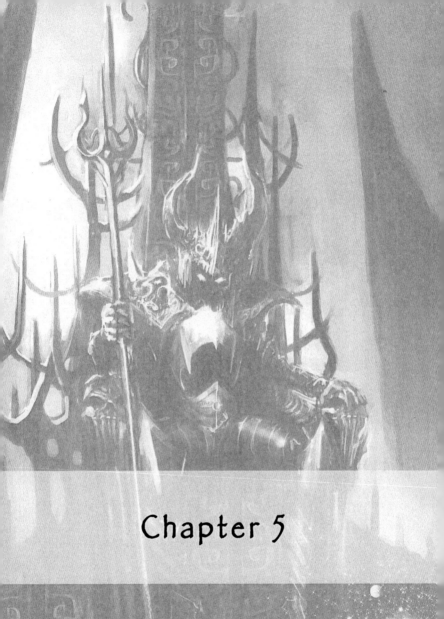

Chapter 5

 누군가 그랬다. 인간은 적응의 동물이라고.

 지난 90일간 사람들은 이 괴상하고도 위험한 세계에 어느 정도는 적응할 수 있었다.

 물론 그 과정이 쉬웠던 건 아니다.

 달라진 세계, 문화, 위협적인 괴물 등, 적응해야 할 것이 너무도 많았다.

 그중에서도 가장 입문자들을 힘들게 한 것은 이계의 주민 들이었다.

 친절하게 다가오는 그들에게 경각심을 가지지 않았던 게 문제였을까.

 좋은 아이템을 싸게 준다며 겉만 멀쩡한 쓰레기를 강매하는 것은 예사요, 강탈, 폭행 등 온갖 악행을 일삼기 시작했다.

그제야 입문자들은 깨달을 수 있었다, 이곳에 선의란 없음을, 철저하게 가면을 쓰고 있다는 것을.

비상식적으로 강력한 주민들에겐 어떠한 반항도 소용없는 일이었다. 힘이 없기에, 약하기 때문에 눈을 뜨고 당할 수밖에 없었다.

많은 것을 빼앗겼다.

특히 주민들이 광적으로 탐낸 것은 본래 세계에서 쓰던 도구와 옷가지 등이었다.

그다지 쓸모도 없는 도구나 옷가지를 왜?

처음에는 이해되지 않았지만, 시간이 지나면서 자연히 그 의문이 해결되었다.

마을의 중앙, 분수대 옆에 나란히 놓인 4개의 우물이 있었다.

각기 생존, 무장, 성장, 신비의 우물이라 불리는 곳.

우물에 매달려 있는 두레박에 특정한 물건을 넣어 던지면 우물마다 다른 보상을 얻을 수 있다.

생존의 우물에서는 배부르게 먹을 수 있는 음식을, 무장의 우물에서는 위협에서부터 자신을 보호할 수 있는 무구를, 성장의 우물에서는 사냥으로 얻을 수 있는 운명의 주사위를.

마지막 가장 거대한 규모를 자랑하는 신비의 우물은 아직 아무도 보상을 얻지 못한 채 베일에 싸여 있었다.

이 4개의 우물은 사위가 숲으로 뒤덮인 마을의 유일한 생계 수단이었다.

위험을 감수해야 하는 사냥 없이도 먹을 것을 얻을 수 있는가 하면, 쉽게 강해질 수 있다.

기를 쓰고 입문자들을 갈취한 것은 우물이 지닌 특성 때문이었다.

현대의 물품을 넣으면 좀 더 많은 보상을 얻을 수 있다.

일례로 저가의 전자시계를 생존의 우물에 넣으면 무려 열흘간 풍족하게 먹을 수 있는 음식 꾸러미가 나온다.

풍족한 보상을 얻은 주민들과 달리 안일했던 입문자들은 추위에 굶주림에 허덕였다.

손에 주어진 것은 처음 방에서 얻은 입문자 무기뿐.

살아남기 위해선 어떻게 해야 할까. 입문자들은 고뇌했고, 마침내 답을 찾아낼 수 있었다.

강해지면 된다.

누가 그걸 몰라서 손을 빨고 있었나.

도대체 어떻게 강해질 수 있단 말인가. 의문의 답은 의외로 쉬운 곳에 있었다.

괴물 사냥. 마을 주변에 출몰하는 괴물을 처치해 운명의 주사위를 얻어 능력치를 올리면 된다.

사냥으로 얻은 전리품은 생존의 우물에 넣어 음식으로 바꾸면 되니 성장과 생존이라는 두 마리 토끼를 잡는 셈이다.

간단해도 너무 간단하다.

하지만 방법을 알면서도 행동으로 옮기기란 쉽지 않았다. 평화로운 현대의 삶을 살아온 입문자들에게 괴물을 사냥하는 일이 쉬울 턱이 없지 않은가.

많은 이들이 망설였다. 하지만 선택지가 없었다.

결국, 입문자들은 나아가는 자와 도태되는 자의 두 부류로 나뉘게 된다.

어떻게든 살아남기 위해 사냥을 선택한 이와 그리고 누군가 도와주겠지, 안일한 생각으로 시간을 허비한 이. 시간이 지날수록 나아가는 자와 머무는 자의 차이는 더욱 벌어졌다.

그때부터였을 것이다. 입문자들 사이에 암묵적인 법칙이 생겨난 게 강자존強者存이다.

어떤 법과 질서도 없는 곳에서 힘이란 새로운 질서와도 같았다.

강자는 많은 것을 가졌고, 약자의 위에 섰다.

가진 자는 더욱 많은 것을 바라게 된다. 이러한 인간의 욕망은 세력을 형성하기에 이른다.

그간 많은 길드가 출범하고 사라졌다.

90일이 지난 지금 살아남은 파벌은 3개.

사실 살아남았다기보다는 강력한 세력이 잔존 세력을 흡수했다는 게 맞는 표현일 것이다.

운동부 위주의 육체적 능력을 중시한 인원들이 모인 에

이스.

전직 조직 폭력배 간부와 그 휘하의 아우들이 주축이 된 피칠갑.

마지막으로 양대 길드 어디에도 소속되지 못한, 통칭 떨거지들을 규합해 탄생한 협력까지.

살아남은 길드는 세 곳이지만, 삼파전이라 생각하는 이는 없었다.

협력 떨거지들은 언제든 처리할 수 있다.

라이벌은 하나다.

에이스는 피칠갑을, 피칠갑은 에이스를 향해 날카로운 송곳니를 드러내고 있었다.

"이런 씨발, 진짜 좆같네!"

머리끝까지 화가 치민 중년인.

오른쪽 눈과 입술 사이를 잇는 칼자국과 온몸을 장식하고 있는 문신이 지나온 그의 삶을 말해 주고 있었다.

대구를 중심으로 활동하던 피바다의 행동대장이자 현재는 피칠갑이라는 길드의 수장인 조상갑이었다.

그는 운이 좋은 사내였다.

일찍이 약육강식의 세계에 몸을 담고 있었기에 이계의 생태에 빠르게 적응한 것이다.

처음 잠깐을 제외하면 망설이거나 멈추지 않았다.

혼자라면 힘들었을 테지만, 그에겐 예전 조직의 부하들이 함께였다.

말 그대로 운이 좋았다.

각 지역에 흩어져 있던 부하들이 이렇게 한곳으로 모이게 될 줄이야.

든든한 10명의 부하가 함께한다.

이것이 신이 주신 기회가 아니고 무엇이겠는가.

상갑은 자신이 지닌 힘을 마음껏 이용했다.

주먹과 칼이 난무하는 조폭의 세계? 아니, 힘으로만 모든 것을 해결하지 않았다.

그도 나름 머릴 돌릴 줄 아는 사내였다.

세를 불리기 위해선, 속은 시커멓더라도 겉으로는 성인군자인 척할 필요성이 있었다.

세상은 악당보다 영웅을 원하는 법이니까.

영웅인 척, 대인인 척, 최대한 본심을 숨기고 사람들을 규합했다. 그렇게 피칠갑이 출범했다.

이후론 모든 게 만사형통이었다.

겉으로는 깨끗하게 행동했지만, 드러나지 않게 자신의 욕망을 채웠다.

거칠 건 없었다.

이 세계의 주인은 나. 적어도 얼마 전까지 그는 그리 생각하고 있었지만.

"에이스, 이것들을 그냥!"

실전이라곤 쥐뿔도 모르는, 허세만 가득한 새끼들.

최근 그의 심기를 어지럽히고 있는 건 유일한 라이벌 세력인 에이스였다.

발단은 한정된 사냥터로부터 시작되었다.

마을 주변에는 일정하게 괴물이 등장하는 특별한 구역이 있다.

마치 게임의 몬스터가 그러하듯 일정한 수, 그리고 일정 시간이 지나면 괴물들이 재차 등장하는 형식이었다.

입문자들은 이곳을 일컬어 존Zone이라 불렀다.

수많은 존 중에서도 뜨거운 감자로 떠오른 곳은 마을 오른쪽 깊숙한 곳으로 들어가면 나오는 호숫가. 이곳엔 머맨이라는 인어 괴물이 서식한다.

근방에서 보기 힘들 정도의 강력한 괴물이지만, 불에 약하다는 것과 장시간 동안 육지에 머무를 수 없는 약점을 이용해 사냥할 수 있었다.

물론 다른 존에 비해 위험도는 매우 높은 편이다.

그럼에도 이곳이 뜨거운 곳으로 부상한 이유는 머맨을 처치해 얻을 수 있는 전리품이 풍족하기 때문이었다.

꽤 높은 확률로 동 주사위를 얻을 수 있는 데다가 녀석들이 흘린 인어의 비늘을 생존의 우물에 넣으면 10명이 사흘간 먹을 수 있는 대량의 식량을 손에 넣을 수 있다.

그뿐인가. 일정한 날에 아리따운 여성 인어를 대동하기도 하는데 이게 진정한 대박이다.

여성 인어가 드롭하는 인어의 눈물에서는 20명이 열흘간 풍족하게 먹을 수 있는 식량이 나온다.

물론 다른 우물에 넣으면 단단한 무구, 소량의 주사위 등을 획득할 수 있었다.

처음 호숫가 존을 발견한 건 피칠갑이었다.

좋은 것은 혼자 할수록 더 좋은 법.

상갑은 혹여나 소문이 흐를까 쉬쉬하며 독식을 지속해 왔다.

남들 모르게 꿀을 빨며 빠르게 성장해 에이스와 떨거지 녀석들을 처리하겠다는 의도였지만, 비밀은 오래가지 않는 법이었다.

하필이면 에이스 녀석들이 눈치챘다.

사건은 일주일 전, 그들이 방심한 새 호숫가에 들어와 인어를 사냥했다.

그간 독식해 오던 존이다.

엄연한 도둑질이라며 따졌지만, 주인 있는 땅이 어디 있느냐며 핀잔을 들을 뿐이었다.

속이 부글부글 끓었지만 참아야만 했다.

명색이 라이벌 길드라 칭해지는 만큼 둘의 세력은 대등했다.

만약 인어 존을 좀 더 빨리 발견했더라면 그 차이를 벌릴 수 있었을 테지만, 피칠갑도 꿀을 빤 지는 그리 오래되지 않았었다.

순간의 화를 참지 못하고선 한바탕 붙기라도 했다간…….

'씨부럴, 이기면 뭐하냐고. 타격이 장난 아닐 텐데.'

잘해도 양패구상. 패배할 가능성도 매우 높다.

에이스 쪽도 그것을 알기에 배 째라는 식으로 나오는 것이다.

알면서도 당할 수밖에 없다는 게 괜히 나온 말이 아니다.

혹여 자존심을 내세워 치고받았다간 호시탐탐 위를 노리는 녀석들의 먹이가 될 가능성이 농후했다.

'근데 이것들은 뭘 믿고 지랄하는 거지?'

최근 녀석들의 행동이 도를 넘고 있었다.

그간 잠잠했던 건 연극이었던 것처럼 대놓고 영역을 넘보았다.

호숫가만이 아니다. 암묵적으로 피칠갑의 구역으로 인정받던 다른 존도 마찬가지였다.

공멸을 두려워한 상갑은 충돌하지 말라는 지시를 내렸고, 언제나 손해를 보는 것은 그들이 될 수밖에 없었다.

고작 일주일. 하지만 그간 입은 손해는 막심했다.

언제까지 당할 수만은 없기에 급히 전시 태세를 지시했다.

그건 에이스도 마찬가지다.

마치 이걸 기다리고 있었다는 듯 재빨리 대처하며 곳곳에서 충돌이 일어나는 중이었다.

뭔가 큰 건수만 잡히면 폭발할 지경에까지 몰렸다.

'요즘 잠잠하단 말이야.'

한동안 미친개처럼 발발거리던 에이스 녀석들이 조용했다.

한판 벌이려고 힘을 비축 중인가.

상갑은 내심 그리 생각하고 있었지만, 의도를 파악할 수 없어 골머리를 썩고 있었다.

'씨발, 제깟 놈들이 웅크려 봤자지. 기다려라. 좀만 있으면 싸그리 먹을 따 버릴 테니까.'

대치 상태가 이어지고 있는 지금이야말로 기회였다.

이 황금 같은 시간을 이용해 에이스와의 전력 차이를 벌릴 것이다.

"형님!"

자신도 모르게 주먹을 불끈 쥐고 있을 때였다.

길드 건물로 한 명의 사내가 들어왔다.

각진 얼굴, 상갑과 마찬가지로 온몸에 문신을 새긴 비대한 덩치의 사내. 피칠갑의 3인자인 망치였다.

"확인은?"

그 얼굴을 확인한 상갑이 곧장 물었다.

도끼가 결연하게 고개를 끄덕였다.

"가자!"

촌각을 다투는 일이다.

그가 자리에서 일어나자, 도끼가 그의 뒤를 따랐다.

비록 길드라는 이름 아래 모였지만, 상갑이 진정으로 생각하는 식구는 같은 조직에 몸담았던 부하 10명뿐이었다.

팔은 안으로 굽게 되어 있는 법. 티 나지 않게 식구들을 챙겼다.

먹을 것은 물론, 성장에 필요한 주사위, 그리고 무구까지. 그들에게 돌아가는 할당량은 일반 길드원들과는 비교할 수 없었다.

그 결과 길드 내에서도 이들 11명은 최상의 정예가 될 수 있었다.

어찌 보면 피칠갑 길드의 모든 것이라 할 수 있는 그들이 부하 하나를 대동한 채 움직이고 있었다.

목적지는 마을 서쪽의 가장 구석진 곳. 마을 유일의 대장간이 있는 곳이었다.

깡, 까앙-.

쇠와 쇠가 만나 맑고 둔탁한 소리가 울려 퍼지는 대장간 앞.

"확실한 거겠지?"

상갑이 물었다.

"네, 네! 저와 같이 입문자 코스를 거쳤으니 입문자가 분명합니다."

부하가 확신을 담아 말했다.

"잘못 봤을 가능성은?"

"없습니다. 쌍둥이가 아니라면 본인이 틀림없습니다."

처음에는 조금 망설이는 듯했으나 이내 믿어 달라는 눈빛을 보였다.

"그렇단 말이지……."

이곳을 지나던 부하가 두문불출하던 대장장이를 본 것은 불과 이틀 전이었다.

'어, 많이 본 얼굴인데.'로 시작해, 나중에는 같은 입문자 코스를 거친 입문자라는 사실을 말해 주었다.

'대장장이가 주민이 아니라 입문자다.' 이 소식을 전해 들은 상갑은 반색할 수밖에 없었다.

현재 입문자는 이곳 주민들과 척질 수 없는 상황이었다.

이유는 간단하다. 약하기 때문이다.

주민들은 입문자를 한 손으로도 제압할 수 있을 정도의 무력을 지니고 있었다.

그나마 다행한 건 그 힘을 남용하지 않는 점이었다.

처음 현대의 옷과 도구를 챙긴 것 이외에는 웬만해선 건드리지 않았다.

만약 그들이 마음만 먹었다면 90일이 지난 지금까지 살아 있는 입문자는 없었을 것이다.

자신의 처지를 알고 있기에 비굴해질 수밖에 없었다.

강탈당했던 지난 일은 모두 잊고 주민들과 교류를 쌓았다. 이 빌어먹을 세상에서 살아남기 위함이었다.

그런데 입문자가 운영하고 있는 상점, 그것도 대장간이라니.

'당장 빼앗아야지!'

빼앗자.

결론은 하나로 귀결되었다.

입문자가 어떻게 대장장이가 됐는지 의문점이 한둘이 아녔지만, 지금은 궁금증을 해소할 정도로 여유로운 때가 아니었다.

대장간을 차지해 대장장이가 만든 무구를 차지하는 것, 그것이 상갑의 최종 목표였다.

만약 계획대로만 된다면 이 지겨운 소모전을 끝내고 입문자들의 위에 군림하는 패자로 거듭날 수 있을 터였다.

부르르.

생각만으로도 전율이 일었다.

하지만 축배를 들기엔 아직 이르다.

꿈은 쟁취해야 하는 법. 이제는 꿈을 이루기 위한 발걸음을 내디뎌야 할 때였다.

상갑과 그의 부하들이 조심스레 대장간으로 발걸음을 옮

졌다.

"어이, 아저씨들. 어딜 그렇게 급하게 가시나."

어디선가 들려온 음성에 상갑의 얼굴이 굳어 갔다.

"씨벌."

뇌까린 욕이 육성으로 나왔다.

지금은 마주치고 싶지 않은, 아니, 앞으로도 영원히 듣고 싶지 않은 음성이었다.

뒤를 돌아보자 그곳에 유들유들한 미소를 지은 사내가 보였다.

"김용식……."

짧게 자른 머리칼과 건장한 체격, 가죽 갑옷 사이로 언뜻 드러나는 근육이 단련된 자임을 증명하고 있었다.

김용식.

상갑이 중얼거린 이 석 자는 입문자들 사이에선 모르는 이가 없을 정도였다.

예전엔 태권도 80킬로그램급 올림픽 상비군이자 현재는 에이스 길드의 길드장.

상갑의 눈이 요란하게 돌아갔다.

보기 싫은 녀석은 하나만이 아니었다.

뚱뚱해 보이는 그의 부하들과 달리 운동 좀 했다는 티가 확연히 드러나는 건장한 체격의 사내 50명이 주위를 둘러싸고 있었다.

'이 새끼들이 어떻게 알고?'

이목을 속이기 위해 철저히 준비했건만…….

"킥!"

용식이 비아냥 가득한 웃음을 흘렸다.

"거 보아하니 어떻게 알았는지 궁금해 죽겠다는 표정이네."

속마음을 들킨 게 싫었던 상갑은 아무 말도 하지 않았다. 그저 죽일 듯 용식을 노려볼 뿐이었다.

"쯔쯔, 누가 무식한 조폭 아니랄까 봐."

용식이 검지로 관자놀이 부근을 치며 말했다.

"그렇게 티를 내고 다니는데 모르는 게 이상한 거지."

용식은 피칠갑의 단점을 꿰뚫고 있었다.

한곳에 너무 집중하면 다른 곳에 구멍이 생기는 법.

피칠갑은 오직 무력만을 중시했다.

물론 이 세계에서 제일 중요한 것은 무력이 맞다.

하지만 길드라는 덩치 큰 단체가 굴러가려면 무력 외에도 자잘한 여러 요소가 충당되어야 하는 법이다.

특히 길드의 방향을 제시해 줄 머리는 필수라 해도 과언이 아니다.

용식은 이를 간과하지 않았고, 오로지 일신의 무력만으로 길드원을 뽑은 상갑과 달리 참모 격의 후보들도 대거 모집했다.

추리고 추린 이들로 코치단을 꾸렸고, 이들과 함께 길드의 장기적인 계획을 세웠다.

이들이 가장 중요시한 것은 맞수 피칠갑을 와해하는 것이다.

초점을 항상 그들에게 맞춘 채 움직임을 예의 주시했다. 그리고 이런 용식의 선택은 빠른 성과를 낸다.

피칠갑 내부에 심어 둔 첩자를 통해 입문자가 대장장이로 있는 대장간을 노린다는 정보를 입수한 것.

이목을 끌지 않기 위해 소수 정예로 움직인다.

이에 용식은 피칠갑을 잡기 위해 병력을 움직였다.

정예 병력만을 대동하고 온 상갑보다 훨씬 많은 인원, 길드에서 가장 강력한 50명을 선발해서 말이다.

으드득─.

상황을 파악한 상갑이 이를 악물었다.

"이제 좀 파악이 되나 봐?"

여전히 미소를 지우지 않은 용식이 앞으로 손을 뻗자 주변을 둥글게 에워싸고 있던 그의 부하들이 움직였다.

포위망을 좁혀 온다.

마치 숨통을 조여 오는 듯한 기분에 목을 쓰다듬던 상갑이 아우들을 둘러봤다.

'싸우겠습니다.'

결연한 눈빛이 그리 말하고 있었다.

12 : 50의 전투. 아니, 사실상 도움도 되지 않는 녀석이 하

나 꺼 있으니 11 : 50이라고 봐도 무방하다.

상대는 애송이도 아닌 싸움에 이골이 난 녀석들이다.

이미 승패는 정해진 것이나 다름없지만, 상갑은 이에 굴하지 않았다.

"오냐. 내 오늘 여기서 뒈지는 한이 있어도 네 녀석만큼 은……."

중식도 모양의 칼을 꺼내 위협적으로 외쳤다.

하지만 그의 호기는 뜻밖의 방해꾼으로 인해 더는 이어지지 못했다.

푸, 푸푹.

목과 등, 옆구리에서 피어나는 고통.

불신 가득한 그의 시선이 등 뒤를 향했다.

"어, 어째서……?"

식구라고 생각했다. 그렇기에 등을 내줄 수 있었건만, 하나도 빼놓지 않은 10명 전원이 그의 몸뚱아리에 칼붙이를 쑤셔 박아 놓았다.

"살 사람은 살아야 하지 않겠습니까."

오른팔인 도끼.

"형님만 죽으면 모두가 살 수 있습니다."

왼팔인 망치마저도.

하지만 이건 암투가 난무하는 세계에서 살아온 그들에겐 너무도 당연한 일이었다.

1명만 팔아넘기면 모두가 살 수 있다.

굳이 손익을 따질 필요도 없지 않은가.

마치 일심동체가 된 것처럼 모두 상갑의 뒤통수를 쳤다.

"네놈 새끼들이⋯⋯."

마지막 말은 입가에만 맴돌았다.

즉사하지 않은 것만 해도 기적이었다.

열 번의 칼침을 맞은 상갑의 육신이 힘없이 허물어졌다.

엎어진 목에 칼날이 드리웠다.

서걱-.

뼈를 가를 정도의 완력이었다.

잘린 상갑의 목을 든 도끼가 용식을 향해 걸어갔다.

그의 뒤를 따라 나머지 10명도 움직였다.

"키키킥."

이 상황이 재밌어 죽겠다는 듯 킥킥대는 용식이었다.

그리고 그의 앞에 선 도끼와 일행이 무릎을 꿇었다.

"형님으로 모시겠습니다."

공손히 상갑의 머리를 내밀었다.

"하, 하하, 하하하하!"

용식은 이 냉철한 사내들 앞에서 크게 웃었다.

"조금 전까지 형님이었던 자를 아무렇지 않게 죽이더니. 이제는 적이었던 내게 형님? 이야, 이 사람들 태세 전환 장난 아닌데."

명백히 비아냥거리는 말이었지만, 미동은 없었다. 어차피 용식이 받아들일 수밖에 없음을 알고 있기 때문이다.

온전히 적 세력을 흡수할 기회를 걷어찰 바보는 많지 않았다.

"뭐, 좋아. 알아서 긴다는데 매정하게 거절할 순 없지."

한참을 웃어 대던 용식이 손을 내밀자, 도끼가 그 손을 잡았다.

반목을 거듭하던 에이스와 피칠갑. 두 세력은 단 한 번의 일전으로 결판을 지었다.

승자는 에이스.

이제 있으나 마나 한 떨거지 길드 하나만 남은 상태니 사실상 이곳을 제패한 것이나 다름없었다.

'아니. 아직 아니야.'

맞수를 넘어섰지만, 아직도 용식은 배가 고팠다.

'그 개새끼들을 밟아 놓지 않으면…….'

아직도 선명하게 떠오르는 기억.

처음 이 세계에 도착했을 때만 해도 그는 자신감이 충만했었다.

무력이 최고인 세계.

기존 신체 능력은 박탈당했지만, 싸움의 감각은 여전했다.

사라진 신체 능력도 운명의 주사위를 이용하면 얼마든지 복구할 수 있다. 아니, 어쩌면 그 이상을 바라볼 수도 있다.

오히려 법과 규제라는 울타리를 빠져나온 야수가 된 셈이다.

대련을 통해 다져진 대담함과 특유의 감각은 놀라운 성장 속도를 보여 주었다.

그야말로 날아다녔다는 말이 어울렸다. 바로 그 일이 있기 전만 해도 말이다.

무서울 것 없던 그에게 다가온 것은 이계의 주민들이었다.

가면을 쓴 그들에게 속아 가지고 있던 물건을 강탈당했다. 거기까지는 다른 입문자들과 다를 바 없었다.

문제는 이후였다. 속았다는 것을 깨달은 그는 주민들을 찾아가 따졌다.

자신의 실력을 믿은 것이었지만, 믿음은 철저히 배신당했다.

일방적인 구타와 함께 남자의 상징인 한쪽 구슬을 잃었다.

번식에는 지장 없으나 반쪽 불구라는 모멸감이 그를 옭아맸다.

평범한 이였다면 좌절감에 일어서지도 못했을 것이다.

순간의 절망이 있을지언정 그는 쓰러지지 않았다.

용식을 불타오르게 한 것은 복수라는 땔감이었다.

'아직은 아니지만, 얼마 남지 않았다.'

주먹을 꾹 쥐어 보았다.

지금 지닌 것으로 주민들에게 덤빌 엄두는 나지 않지만, 그

시일이 오래 걸리진 않을 것이다.

그리고 그 일을 앞당겨 줄 비장의 카드도 눈앞에 있었다.

말없이 대장간을 바라보던 용식이 손짓했다.

부하 둘이 대장간으로 걸어가 문을 열었다.

화악-.

문을 열자 방 안에 갇혀 있었던 열기가 빠져나왔다.

순간 얼굴이 벌겋게 익을 정도로 강렬한 열기였다.

하지만 용식은 열기를 인식조차 하지 못하고 있었다.

단지 자신의 원대한 계획의 기한을 단축하게 해 줄 구세주를 바라볼 뿐이었다.

까앙-.

힘찬 망치질과 함께 요동치는 팔 근육.

가슴에서부터 허벅지 부근까지 내려오는 멜빵 가죽 작업복을 걸친 이는 바로 90일간 두문불출하며 대장에 매달린 정훈이었다.

'올 때가 되긴 했지.'

지금쯤 오지 않을까 싶었는데, 과연 정훈의 예상대로였다.

쏟아지는 시선에도 아랑곳하지 않는다.

그저 눈앞의 작업에만 몰두하며 벌겋게 달아오른 쇠를 차가운 물에 담갔다.

치이익-.

급속도로 식어 가는 쇠를 바라보며 상태 창을 띄웠다.

한정훈

근력(輕) : 256.5   강인함(輕) : 293.9

순발력(輕) : 332.4   마력(輕) : 297.2

*언령

1등 사냥꾼(모든 능력치 +1),

운수 대통(주사위 더블 확률 +31퍼센트)

첫발을 내디딘 영웅(모든 능력치 +10)

시련을 이겨 낸 자(모든 능력치 +20)

천상천하유아독존(모든 능력치 +30, 모든 저항 +10퍼센트)

*스킬

불굴의 정신(패시브)

*무기 숙련도

창 : Lv. 1(35퍼센트)   검 : Lv. 2(12퍼센트)

활 : Lv. 1(11퍼센트)   망치 : Lv. 1(7퍼센트)

*속성

화염 : 13.1퍼센트   물 : 11.0퍼센트

땅 : 10.7퍼센트

*생산 숙련도

숙련 채광꾼 : 1.3퍼센트   **숙련 대장장이** : 0.9퍼센트

그간 대장장이에만 매달린 결과는 성공적이었다.

아이템의 보정을 받지 않은, 순수한 그의 채광, 대장장이 숙련도는 '숙련가'에 달했다.

90일, 고작 90일 만에 숙련가가 된 것이다.

보통은 반년 정도의 시간이 필요한 것을 생각하면 놀랍도록 빠른 성장세다.

그것도 모든 생산 숙련도 중 가장 올리기 어렵다는 대장을

말이다.

'노가다에 장사 없지.'

숙련도 상승에 도움이 되는 여러 아이템이 있기도 했지만, 수면 시간을 하루 2시간으로 제한하며 매진한 정훈의 노력도 한몫했다.

'망할 보너스만 아니라면 여기서 이러지 않았을 텐데.'

할 일이 없어서 이곳에서 망치질이나 한 게 아니었다.

선택의 여지가 없었던 탓이다.

지역별로 생산 숙련 보너스가 있다.

특히 이곳, 팔락스 마을에는 수습 대장장이에 대한 보너스 50퍼센트가 붙기에, 대장 숙련도를 올리기엔 더할 나위 없이 적합한 곳이었다.

이뿐만 아니라 숲 가장자리에서만 캐낼 수 있는 희귀 광석은 후에 고급 무구를 제작하는 데 유용하게 쓰이기에, 광석도 쟁여 놓을 겸 생산 숙련도를 올리는 데 박차를 가해 오늘로 끝을 낼 수 있었다.

'덕분에 생산 보너스도 게임과 같이 적용된다는 걸 알았지.'

게임에서나 적용될 법한 시스템이 현실이 되어서도 똑같이 반영될까 처음에는 반신반의했지만, 그것은 곧 사실로 드러났다.

본래는 150일이 걸려야 할 일을 고작 90일 만에 끝낸 것이다.

'이것도 유용하게 써먹을 수 있겠어.'

보너스 지역을 꽤 많이 알고 있었다.

존재하는 모든 생산 숙련도를 올릴 생각인 정훈에겐 꽤 유용한 정보가 될 터였다.

이내 상념을 거뒀다.

언제까지 불청객을 세워 둘 순 없는 일.

작업을 멈추고 용식을 응시했다.

"볼일 있어?"

호의라곤 눈곱만큼도 없는, 퉁명스러운 말투였다.

"단도직입적으로 묻겠습니다. 입문자십니까?"

말투 따윈 전혀 신경 쓰지 않았다.

다만 그가 궁금한 것은 상대가 입문자인지에 관한 것이었다.

막상 정보는 입수했지만, 확신할 수 없었다.

용식은 자신이 직접 보고 듣기 전까진 그 무엇도 믿지 않는 인물이었다.

"그건 알아 뭐 하게?"

긍정도 부정도 아니지만, 그 말 속에 이미 대답이 있었다.

"우리 길드와 함께하지 않겠습니까?"

"싫어."

갑작스러운 제안에 이은 빠른 거절.

그 순간 용식의 부하들이 움찔했다.

그래도 한 무리의 수장을 대함에 이토록 무례하다니. 당장 손을 쓰려던 그들을 제지한 것은 용식이었다.

함부로 움직이지 마라. 눈빛으로 그들에게 주의를 줬다.

'함부로 움직이기 껄끄러워.'

모든 게 베일에 싸인 의문의 사내. 경거망동할 순 없었다.

물론 이곳에 있는 모두가 덤벼든다면 제압하는 거야 어렵진 않을 것이다.

하지만 조심해서 나쁠 건 없다.

어디까지나 무력시위는 최후의 수단. 설득을 최우선으로 두었다.

"아시는지 모르겠지만, 우리는 입문자 최강 길드입니다. 대장일에는 부가적인 노동력이 필요하지 않습니까. 재료 조달, 혹은 각종 잔심부름 등 원하는 부분을 지원해 드릴 수 있습니다. 물론 먹는 것, 입는 것, 그리고 사냥까지 모든 편의성을 봐 드리겠습니다. 당신은 지금처럼 대장 일만 하면 됩니다. 정해진 시간 외 강제적인 노동 착취는 없을 거라 단언합니다."

근무 조건, 편의성 등을 봐주는 나름 파격적인 제안이었다.

"싫어."

하지만 대답은 바뀌지 않았다.

"그리고 누가 누구의 편의를 봐준다고? 너희가? 날?"

어처구니없다는 듯 어깨를 으쓱해 보였다.

"실력에 자신 있는 건 알겠습니다. 하지만 이 세계는 혼자서 살아가기엔 그리 호락호락…….”

“됐어. 그딴 헛소리는 집어치우고.”

잠시 말을 끊은 정훈이 바닥에 놓인 투구 하나를 발로 찼다.

터, 터텅-.

요란한 소리를 내며 구른 철 투구는 정확히 용식의 발 앞에 멈췄다.

“갖고 싶지?”

무의식적으로 고갤 끄덕일 뻔했다.

그만큼 눈앞의 투구는 매력적이었다.

은빛으로 번쩍이는 광택은 마치 보석의 그것처럼 황홀했다.

“갖고 싶으면 사.”

모름지기 물건에는 저마다의 가치가 있는 법.

갖고 싶은 게 있으면 대가를 지급하는 게 당연하다.

‘근데 이 새끼가.’

하지만 용식은 정당한 대가를 지급할 생각 따윈 없었다.

길드로 들어오기만 한다면 개같이 굴릴 수 있는데, 정당한 대가라니.

“다시 한 번 생각해 보시는 게 어떨지. 우리 길드에…….”

“싫다고 이야기했을 텐데.”

두 번. 용식이 말을 끊긴 횟수였다.

가식을 연기하던 그의 가면에 금이 가기 시작했다.

“후우.”

끓어오르는 분노를 삭이기 위해 긴 한숨을 내쉬었다.

내 천 자가 그려진 이맛살을 다시금 편 용식은 힘겹게 입술을 떼었다.

"그러지 말고……."

"사기 싫으면 꺼져."

빠직―.

가면이 산산이 부서졌다.

"굳이 이런 방법은 쓰고 싶지 않았는데."

그저 약간의 찜찜함으로 편한 길을 두고 어려운 길을 고집했다.

하지만 상대는 그 약간조차 날려 버릴 정도로 안하무인이었다.

"더럽게 말귀를 못 알아먹네."

용식이 손을 흔들자 그의 의도를 읽은 부하들이 흉흉한 기세로 정훈을 압박하기 시작했다.

좁은 대장간.

어느새 정훈은 적의를 가진 수십 명에게 포위된 형국이 되었다.

"쯧."

주변을 돌아보며 가볍게 혀를 찬다.

"그래. 너희가 그렇지 뭐. 뭐 하다 안 된다 싶으면 머릿수로 핍박하고, 그지? 잠깐이라도 연기하느라 고생 많았다."

흉흉한 분위기에도 태연하다.

그럴 수밖에 없는 게, 사자가 양 떼에 둘러싸여 있다고 긴장하는 법은 없으니 말이다.

"밟아."

명령과 함께 부하들이 뛰어들었다.

굼벵이처럼 느릿하게 움직이는 그들을 바라보던 정훈이 별안간 오른손을 치켜들었다.

맨손이 아니었다. 그 손에는 손잡이가 기형적으로 짧은 망치, 묠니르가 쥐어 있었다.

"분노가 몰아치니 세상이 내게 무릎을 꿇는다."

쿠르릉, 쾅!

엄청난 굉음과 함께 땅이 진동으로 들썩였다.

지진? 아니, 단순한 지진이 아니었다. 요동치는 건 지면이 아닌 대장간 건물이었다.

콰쾅─.

바로 귓가에 울려 퍼지는 굉음과 함께 천장에 구멍이 뚫렸다.

부스스.

먼지와 같은 잔해가 떨어지고…….

콰릉─.

한 줄기 뇌전이 뚫린 천장 사이로 번뜩였다.

"히익!"

뇌전과 맞닿은 지면이 검게 그을렸다.

만약 그곳에 사람이 서 있었다면 한 줌 재가 되는 것을 면치 못했을 것이다.

콰르릉. 콰쾅-.

하늘의 분노는 그것으로 끝나지 않았다.

이계의 하늘을 검게 물들인 먹구름에서 쉴 새 없이 푸른빛이 번쩍였다.

신기한 것은 뇌전이 내리치는 장소였다.

마치 명령이라도 받은 것처럼 대장간 주변, 용식과 그의 부하들 근처로만 내리꽂히고 있었다.

"으아, 으아아!"

조금 전까지 기세등등하던 용식은 몸을 바짝 엎드린 채 공포로 몸을 떨었다.

도망은 생각조차 할 수 없었다.

한 발짝이라도 움직이면 저 시퍼런 뇌전의 먹이가 될 것만 같았다.

어찌 보면 당연한 반응이다.

자연재해 앞에서 인간이란 한없이 나약할 뿐이었으니까.

그렇게 얼마간 공포의 시간을 보냈을까.

종말이라도 온 듯 내려치던 뇌전이 잠잠해졌을 때, 웅크려 있었던 용식은 슬며시 고갤 들었다.

"헙!"

그곳에서 비웃음을 머금은 정훈과 눈이 마주쳤다.

"계속할래?"

"아닙니다!"

신속하게 답했다.

감히 반항할 엄두도 나지 않는다.

번개를 부리는 사람이라니. 상식이 통하지 않는 이 세계에서조차 들어 보지 못한 능력이었다.

"왜, 재밌는데. 좀 더 해 보지?"

"죄, 죄송합니다. 제가 주제도 모르고. 제발 용서해 주십시오."

지금은 자존심이 중요한 게 아니었다.

어떻게든 눈앞의 괴물에게서 살아남는 것. 그것만이 용식이 생각할 수 있는 전부였다.

비굴하게 고개를 지면에 파묻었다. 안면에 흙이 묻었지만, 상관하지 않았다.

"……."

말없이 그를 응시하던 정훈이 시선을 돌려 주위를 둘러봤다.

70명 전원, 누구 하나 고갤 들지 못한 채 엎드려 있었다.

바들바들 떨고 있는 그 모습이 비 맞은 쥐처럼 처연했다.

"그래. 그럼 못했던 이야기나 계속해 보자."

정훈의 말에 모두가 한마음 한뜻으로 '네'라고 답할 수밖에 없었다.

"네? 저, 정말 그걸로 괜찮겠습니까?"

믿을 수 없었던 용식이 재차 물었다.

"그래. 입문자 무기 하나에 원하는 무구 하나. 간단하지?"

일시에 70명을 굴복시킨 정훈은 이어서 무구의 거래 조건을 알려 줬다.

거래 방식은 단순했다.

원하는 무구 하나와 입문자 무기를 교환하는 것.

이제는 아무 쓸모도 없는 입문자 무기와 척 봐도 고급스러워 보이는 무구를 교환하려 하다니.

의아한 시선이 뒤따르는 것은 당연한 일이었다.

"문제 될 게 있어? 손해를 봐도 내가 보는 건데."

어떻게 하든 손해를 보는 건 정훈이다.

"아니, 그게 아니라, 진짜 그렇게 교환해도 되는지 궁금해서 말입니다."

"싫으면 말고."

"아, 아닙니다! 뭐 해? 당장 드리지 않고."

마음이 바뀔까, 부하들을 다그친다.

교환은 순식간에 이루어졌다.

강제력의 발동으로 버리는 것도, 파괴하는 것도 불가능한, 좁은 보관함 한편을 차지하고 있었던 입문자 무기에 미련을 가질 이는 없었다.

70개의 무구가 건네졌다.

하지만 정작 이를 착용한 건 17명밖에 되지 않았다. 모든 건 용식의 명령 때문이었다.

가장 강한 소수의 인원을 완전무장시키는 것. 해서 용식을 비롯한 그의 수족 16명만이 완전무장을 갖추었다.

'장난 아닌데?'

손에 쥔 검을 휘둘러 보던 용식의 입가에 만족의 미소가 그려졌다.

얼핏 보기에도 범상치 않았건만 막상 휘둘러 보니 더 만족스럽다.

지금까지 다뤘던 검은 그야말로 종이 막대기에 불과할 정도였다.

그뿐만이 아니다. 보기에도 비루해 보이는 조악한 가죽 갑옷이 견고한 체인 갑옷으로 바뀌었다

천군만마를 얻은 것처럼 든든하기 그지없었다.

'이놈은 안 되겠네.'

희희낙락하는 용식을 바라보던 정훈은 미미하게 고갤 저었다.

무구를 지급받지 못한 나머지 부하들의 시선이 곱지 않다.

당연한 일이다. 노골적인 편애가 보이는데, 누가 그를 믿고 따를까.

'일단 이놈은 제외.'

가장 강성한 세력을 이룬 것 같지만, 자질이 글렀다.

물론 조급해할 필욘 없다. 자신을 대신할 '대행자'를 찾는 일은 최대한 신중하게 이뤄져야만 하니까.

Chapter 6

용식과 부하들이 떠났다.

하지만 서둘러 떠나는 꼬락서니가 모든 무구를 독차지하겠다는 욕심으로 가득했다.

곧 나머지 길드원과 함께 대장간을 찾을 것이다.

'그렇겐 안 되지.'

하지만 그들의 의도대로 움직여 줄 생각이 없었다.

비록 심심풀이로 만들었지만, 지금 입문자들에겐 힘의 균형을 깨뜨릴 만큼 위력적인 무구이기도 하다.

그렇기에 한쪽 편에 서진 않을 것이다. 그가 공명정대한 인물이라서가 아니다.

'최대한 많이, 그리고 실력 있는 녀석들을 양성한다.'

아무리 강력한 힘을 지녔다 한들 혼자선 그 무엇도 이룰 수 없다.

도움이 될 만한 조력자는 필수였다. 단지 어중이떠중이는 안 된다.

치열한 경쟁 속에서 살아남은 이들만이 자신의 옆에 설 자격을 얻을 수 있을 것이다.

정훈이 원하는 건 정당한 대결로 살아남은 정예들이었다.

'아니, 조력자라기보다는 장기판의 말 정도 되겠지.'

잊어서는 안 된다. 악의로 가득한 이 생존 게임의 본질을 말이다.

'무기도 얻어야 하고.'

물론 이건 먼 미래의 일이다.

현재 가장 큰 목적은 쓰레기로 여겨지는 입문자 무기였다.

다른 이들에겐 쓰레기겠지만, 정훈에겐 반드시 얻어야 할 물품 중 하나.

에이스 길드뿐만 아니라 모든 입문자에게서 무기를 얻어야만 했다.

이를 위해 필요한 게 있다.

보관함을 열어 올빼미 문장 인으로 봉합된 황금색 편지 봉투를 꺼냈다.

조심스레 뜯어 내니 흰색 편지지가 나왔다.

반으로 접힌 편지지를 펼쳐 그것을 뚫어지게 응시했다.

그러자 공백이었던 편지지에 검은색 글씨가 새겨지기 시작했다.

　모든 입문자에게 알림.
　편지가 도착한 지금 이후부터 소원의 우물에서 무구 판매를 시작. 교환에 필요한 건 처음 지급됐던 입문자 무기 하나. 입문자 무기 하나면 원하는 무구를 가질 수 있으니 반드시 참석하길 바람.
　P.S : 오든지 말든지 그건 자유. 하지만 안 오면 너만 손해.

다시 내용을 확인한 후 봉투 안에 접어 넣었다.
아직 접착력이 남은 인을 눌러 붙이자 멀쩡히 손에 있던 봉투가 사라졌다.
황금 올빼미 편지.
같은 시나리오 안에 묶인 모든 이들에게 편지를 전송하는 편리한 아이템이었다.
"가 볼까."
편지를 보냈으니 알아서 몰려들 것이다.
쌓아 두었던 제작 무구를 보관함에 싹 쓸어 넣었다.
이내 등을 돌린 그가 멀어져 갔다.
90일 동안 정들었던 대장간을 떠나는 데 아무런 미련은 없었다.

평소에도 인파로 북적이는 소원의 우물.

지금 그곳은 평소보다 더욱 많은 사람으로 발 디딜 틈조차 없었다.

무려 1,200여 명에 달하는 수.

이 많은 인원의 공통점이라면 모두 입문자라는 것이다.

생존과 성장이라는 과제 속에서 하루하루 바쁘게 살아가는 이들이 모인 것은 한 장의 편지 때문이었다.

쓸모없는 입문자 무기와 무구를 교환해 주겠다는 내용의 편지.

터무니없는 내용이었기에 믿지 않았다.

하지만 모든 입문자에게 전해진 신비한 편지라는 것, 그리고 손해 보는 거라고 해 봐야 약간의 시간을 버리는 거라 생각하니 호기심에라도 가 볼 만했다.

해서 극도로 의심이 많은 몇몇을 제외한 거의 모든 입문자가 한자리에 모여들었다.

모두가 편지를 보낸 주인공을 기다리고 있는 그때 몇몇 이들은 비밀스러운 회동을 가지고 있었다.

소원의 우물에서 멀리 떨어지지 않은 나무 그늘 밑.

북적이는 인파와는 달리 한산한 그곳에 여섯 명의 사내가 서로를 마주 보고 있다.

"거절한다는 겁니까?"

뒤로 두 명의 간부를 대동한 용식이 얼굴을 찌푸렸다.

"거절은 아닙니다. 다만 편지를 보낸 당사자를 볼 때까지 보류하겠다는 뜻입니다."

노기를 띤 용식의 전면에는 역시 두 명을 대동한 사내가 있었다.

이마에 깊은 자상刺傷이 눈에 띄는 사내는 정훈과 함께 입문자 코스를 거쳤던 준형이었다.

마지막으로 입문자의 방을 빠져나온 그는 혹독한 현실과 마주했다.

인간을 노리는 숲의 포식자들을 피해 달아나야만 했던 것이다.

달아나는 도중 많은 이들이 목숨을 잃었다.

어떻게든 사람들을 살리기 위해 노력했지만, 그가 할 수 있는 일은 많지 않았다.

모두가 한마음으로 노력했다면 살 구멍이 있었을지도 모른다.

하지만 인간은 나약했고, 자신이라도 살기 위해 기꺼이 다른 이의 희생을 요구했다.

아무런 의미 없는 희생만이 늘어났고, 결국엔 준형도 목숨이 위태로운 지경에 처했다.

홀로 떨어진 그가 살아남은 건 천운이라 할 수 있었다.

괴물의 피를 뒤집어써 자신의 흔적을 지우지 못했다면 살아남지 못했으리라.

힘겹게 마을로 흘러 들어온 그의 심경엔 많은 변화가 있었다.

이대로 사람들을 두고 볼 수 없다.

무의미한 희생을 막기 위해서라도 뭉쳐야 한다.

그렇게 탄생한 게 지금의 협력 길드였다. 약자를 보호하고 모두가 함께 살 수 있는 방향을 제시해 줄 최후의 보루.

물론 내부의 원대한 뜻과는 달리 다른 사람들은 그저 쓰레기 집합소라 부르고 있었지만.

"거래는 지금이 아니면 아무 의미가 없다고 말했을 텐데요."

용식의 태도에서 그 위치를 확연히 느낄 수 있었다.

정중히 대하는 듯하지만, 실상은 아랫사람을 대하듯 거침이 없다.

"그럼 제안은 없었던 것으로 하죠."

강경한 태도에 대한 답은 거절. 협상은 결렬이었다.

"이만 일어나겠습니다."

가볍게 눈인사한 준형이 뒤돌아섰다.

"잠깐!"

쩌렁 울리는 외침이 그의 발길을 붙잡았다.

"좋게 말하려고 했는데, 꼭 이렇게 나와야겠어?"

참았던 불만이 터져 나왔다.

그가 누구인가. 유일한 맞수 피칠갑을 제압하고 현 입문자의 최정상에 선 에이스 길드의 수장이었다.

그런데 고작 오갈 데도 없는 쓰레기 집합소의 대가리가 버티는 꼴이라니.

'망할 대장장이 새끼!'

그를 떠올리자 절로 욕설이 튀어나왔다.

별안간 찾아온 황금 올빼미 편지. 발신자가 누구인지는 내용을 읽는 순간 알 수 있었다.

그때부터 분주하게 움직였다.

미리 소원의 우물에서 진을 친 후, 협력 길드의 길드장 준형과 만났다.

쓰레기 집합소라곤 하지만 현재 가장 많은 입문자가 소속된 길드기도 했다.

그들의 입문자 무기를 차지해 남은 무구를 독점하려는 계획이었지만…….

'개새끼, 감히 내 제안을 거절해?'

알짜배기 3개 존을 양도하는 대신 협력 길드의 모든 입문자 무기를 교환하자고 제안했다.

다른 생각을 품지 못하도록 나름 파격적으로 조건을 제시했지만, 예상은 빗나갔다.

비상사태였다.

협력 길드에 소속된 인원은 600여 명.

만약 이들이 600개의 무구를 가져가게 된다면 무시할 수 없는 쓰레기가 될 것이다.

'씨팔, 하필이면 입문자 무기여서.'

어떤 힘에 강제력으로 묶인 입문자 무기는 자의적 양도 없이는 가질 수 없다.

내가 가질 수 없다면…….

'너희도 가질 수 없다.'

그것이 수백 명의 목숨을 앗아 가는 일이라 할지라도 말이다.

"협박입니까?"

노골적인 협박에 준형이 노려보았다.

"그렇다면?"

왠지 조금 전 일이 떠올랐지만 애써 무시했다.

꿀릴 건 없다. 눈앞의 있는 잔 정체불명의 대장장이가 아니니까.

"뭔가 단단히 착각하고 있는 것 같습니다."

잠시 말을 끊은 그가 기습적으로 튀어 나갔다.

"뭐, 뭐?"

준형이 어느새 눈앞으로 다가왔다.

설마 손을 쓸 거라곤, 아니, 그보다 이토록 빠른 움직임이라니.

당황한 용식은 제대로 된 대응을 하지 못했다.

용식의 머리채를 강하게 쥐어 잡은 그가 그대로 지면에 내리꽂았다.

쾅-.

그 충격이 얼마나 강력했던지 지면에 작은 크레이터가 만들어졌다.

괴력이라고 부를 수 있는 엄청난 힘에, 불의의 일격을 허용한 용식은 그대로 정신을 잃었다.

"이 새끼들이!"

용식을 호위하던 간부 둘이 허리의 무길 빼 들었다.

정훈에게서 받은 검의 예리한 날이 번뜩였다.

퍽-.

송곳같이 파고드는 준형의 주먹은 투구 사이의 틈을 비집고 안면에 적중했다.

"커흑!"

뒷걸음질하는 적을 내버려 둔 채 몸을 틀었다.

스윽-.

날카로운 검날이 콧잔등을 아슬아슬하게 빗겨 갔다.

위험한 상황은 아니었다.

다만 최소한의 움직임으로 피했을 뿐이었다.

간결한 동작으로 적의 틈을 발견할 수 있었다.

극히 짧은 순간 투구 밑으로 드러난 턱을 향해 괴력이 깃든 주먹이 날아들었다.

"억!"

아래턱을 쇠망치로 얻어맞은 것처럼 찾아온 강렬한 충격에 의식이 흐려졌다.

쓰러지는 적에게서 시선을 거두었다.

준형의 목표는 비틀대며 물러나는 나머지 한 명이었다.

텅-.

준형의 발 차기가 투구에 직격했다.

단단한 투구 너머로 전해지는 충격에 비틀거린다.

사방이 도는 것처럼 제대로 균형을 잡기 힘들었다.

"협박이란 것도 강자의 위치에 있을 때야 먹히는 겁니다. 그리고 여기선 내가 강자고, 그쪽은 약자라는 걸 똑바로 기억해 두시길."

경고한 후 수도로 목을 쳤다.

"컥."

짧은 비명과 함께 마지막 한 명이 쓰러졌다.

"처리할까요?"

행동대장 제만이 검을 빼 든 채 물었다.

"아뇨. 힘의 차이를 보여 줬으니 그걸로 됐습니다."

어쩔 수 없는 상황이라면 모를까, 같은 인간을 함부로 해하긴 싫었다.

이건 지금까지 지켜 온 준형의 신념이었다.

'언제까지 이 신념을 지킬 수 있을는지 모르겠지만.'

쓸쓸하게 웃었다.

지금은 입문자 사이에서 살인이 금기시되고 있지만, 그것도 얼마 남지 않았다는 게 그의 생각이었다.

지금만 봐도 은연중 벌어지고 있는 마당에 상황이 급변하면 살인은 선택이 아닌 필수가 될 것이다.

"그보다 역시 그 편지는 사실이었던 것 같군요."

황금 올빼미가 전해 준 편지와 용식의 거래 제안.

바보가 아닌 이상에야 그 연관성을 파악하지 못할 턱이 없다.

"예. 존 3개를 제안할 정도라니. 생각보다 더 대단한 이벤트인 것 같습니다."

길드의 두뇌라 할 수 있는 대영이 답했다.

존 3개. 만약 아쉬운 입장이었다면 덥석 제안을 받아들였을 정도로 매력적이었다.

하지만 그들은 거절했다. 아쉬울 게 없기 때문이다.

대외적으로 알려진 것과는 다르게 그들이 일군 협력 길드는 존 3개에 연연할 정도로 부실하지 않았다.

에이스는 애초에 상대를 잘못 고른 셈이었다.

'이분이 없었다면 불가능했을 테지.'

제만과 대영. 두 사람은 존경심 가득한 눈으로 준형을 응시했다.

준형의 나이 고작해야 스물세 살이다.

그런데 그보다 일곱 살 많은 제만과 열두 살 많은 대영이 존경을 표하고 있었다.

나이가 벼슬인 한국 사회에선 쉽게 찾아볼 수 없는 모습이었다.

하지만 준형은 고작 3개월 만에 이들의 사회적 인식을 뒤바꾸었다.

누구보다 앞장서며 약자를 위해 칼을 든다.

날카로운 판단으로 위기에 빠진 길드원들을 구해 주며, 그 혜안은 쓰레기에 불과했던 협력 길드를 놀랍도록 발전시켰다.

특히 이마에 자상이 새겨진 순간, 협력 길드의 모든 사람은 진정으로 그를 따르게 되었다.

이런 두 사람의 생각을 읽은 준형이 옅게 웃었다.

"이만 돌아가죠."

"네."

"알겠습니다."

나란히 선 세 사람이 멀어져 갔다.

일전이 벌어진 곳을 지나 막 우물가로 들어서는 진입로에 도달했을 때, 준형이 갑작스레 멈춰 섰다.

"무슨 일이십니까?"

제만이 다가가 물었다.

"……."

대답은 없었다.

다만 그는 한곳을 뚫어지게 응시하고 있었다.

"음?"

준형의 시선을 따라가자, 멀찍이 떨어진 곳에서 다가오는 한 사람이 보였다.

가죽 멜빵과 팔목을 덮는 장갑, 그리고 검은 장화까지.

그야말로 촌스러움의 결정체인 사내, 정훈이 다가오고 있었다.

'많이 컸네.'

오랜만에 준형과 재회한 정훈은 그리 생각했다.

단순히 무력만을 본 게 아니다. 그를 대하는 제만과 대영의 태도에서 인간으로서의 성장을 느꼈다.

'저 정도 움직임이면 200회 차 정도 되려나?'

상대의 수준을 가늠하는 것도 자신이 플레이한 회차가 기준이었다.

조금 전 지켜본 준형의 움직임을 봤을 때 최소 200회 차 이상 진행했을 때의 캐릭터와 비슷한 수준이었다.

'쉽진 않았을 텐데.'

그 성장이 조금은 놀랍다.

지금 이 정도로 성장하려면 동쪽 신전의 비밀에 접근해야만 한다.

정훈과 같이 경험이나 누구의 도움도 없이 비밀에 접근한 점은 충분히 칭찬받아 마땅한 일이었다.

'인성도 괜찮은 것 같고, 능력도 출중.'

탐나는 재목이 아닐 수 없다.

예상컨대 이보다 더 적합한 '후보'를 찾는 건 쉽지 않을 것이다.

'넣어 두자.'

고민은 길지 않았다. 결정을 내린 그는 흐릿함의 망토를 통해 감춰 두었던 흔적을 드러냈다.

그리 멀리 떨어지지 않은 곳에 있었던 그가 발각되는 건 당연한 수순이었다.

"다, 당신은……?"

준형이 눈을 부릅떴다.

처음 받았던 인상이 워낙 강렬했기에 아직도 그를 잊지 않았던 것이다.

"오랜만."

느릿한 걸음으로 다가온 정훈이 먼저 알은체했다.

"네. 오랜만입니다."

굳어 있던 준형이 본래의 담담한 태도로 인사를 받았다.

굳이 감정의 동요를 보여 줄 필요는 없었다.

"안 본 사이에 실력이 많이 늘었네."

조금 전 전투를 말하는 것이리라.

"아, 별거 아닙니다. 부끄러운 수준입니다."

다른 사람이라면 몰라도 정훈에게 들을 말은 아니었다.

'내가 100명이 모인다 한들 감당할 수 있을까.'

스스로를 낮춘 게 아니다. 강해진 지금은 더욱 확실히 알 수 있다. 눈앞에 선 정훈이 얼마나 큰 사람인지.

"확실히 많이 발전했어. 자기 주제도 파악할 줄 알고."

감히 가늠할 수 없는 상대의 실력을 파악한다. 말은 쉽지, 상당히 어려운 일이다.

정훈 입장에선 꽤 칭찬한다고 한 소리지만…….

"감히!"

준형에게 목숨을 빚진 제만은 그 말을 넘기지 못했다.

창!

단검을 교차하며 달려갔다.

목숨에는 지장 없게, 적당히 혼쭐을 내 줄 요량이었다.

"길드장님!"

하지만 그보다 앞서 준형이 앞을 막아섰다.

단호한 눈빛으로 응시한 채 고갤 저었다.

"저라면 괜찮습니다. 더는 아끼는 분을 잃고 싶지 않으니 자중해 주십시오."

정훈이라는 남잔 지극히 이기적인 부류다. 건드리면 무슨 짓을 할지 모르기에 재빨리 만류할 수밖에 없었다.

"잃긴 뭘 잃어? 사람 죽이는 취민 없으니까 안심해."

대신 적당히 손은 봐 주려고 했지.

물론 뒷말은 속으로 삼켰다.

"제게 볼일이 있으신 것 같군요."

별안간 나타난 것이 아무래도 의심스럽다.

"편지 받았지?"

"편지라면 이걸 말씀하시는 겁니까?"

조금 전에 황금 올빼미에게서 받은 편지를 꺼냈다.

"그래. 그거 내가 보낸 거야."

"네. 짐작하고 있었습니다. 그때와 비슷한 경우라서……."

정훈과 함께 입문자 코스를 거쳤던 준형이 탈출 열쇠와 입문자 무기를 교환했던 것을 떠올린 것이다.

"열쇠가 아닌 무구라는 게 달라졌지만."

숨겨야 할 이유가 없기에 부정하지 않았다.

"혹 입문자 무기를 모으시는 이유라도?"

입문자 코스 때도 그랬지만, 지금은 더욱 이해가 가지 않았다.

아무짝에도 쓸모없는 무기를 얻기 위해 출혈을 감수하다니.

'자선가도 아니고.'

남에게 베풀 만한 위인은 더더욱 아니었다. 그럼 자신에게 이익이 된다는 이야긴데, 도무지 입문자 무기의 쓰임새를 짐작하기가 어려웠다.

"관심 꺼."

알려 줄 이유는 없었다.

"으음, 알겠습니다."

궁금해서 묻긴 했지만, 대답을 기대한 건 아니었다.

"우물로 가십니까?"

"그래야지. 하지만 그 전에……."

마음의 결정을 내린 정훈이 준형을 직시했다.

"나와 거래하자."

느닷없는 제안이었다.

그때까지도 준형은 동요하지 않았다.

"거래라면 무슨 거래를 말씀하시는 건지?"

"간단해. 앞으로 있을 각종 시련에서 최대한 많은 수의 입문자를 살려. 살아남은 숫자만큼 네게 큰 보상을 줄 테니."

이기적인 그에게서 이런 제안을 들을 줄이야. 예상하지 못한 제안에 조금은 놀랐다.

"사람들을 살리라는 말씀이십니까?"

"요지는 그렇지."

의문 가득한 시선이 뒤따랐다.

"하지만 그런 거라면 정훈 님이 더 적합할 것 같은데요. 마음만 먹으면 이곳의 모든 사람을 보호할 수 있지 않습니까."

확인한 바는 없다.

다만 그의 무력이라면 사람들을 티끌 하나 다치지 않게 보호할 수 있을 거라는 생각이 들었다.

"아니, 난 무리야."

"왜죠?"

"기본적으로 난 너네가 죽든 살든 큰 관심이 없거든."

모름지기 사람이란 동기가 있어야 더 큰 결과를 얻을 수 있다.

그런 면에서 입문자들을 살리는 일은 정훈에게 있어서 귀찮아도 해야 하는 일이지, 뭔가 대단한 보상이 있는 일은 아니었다.

이 때문에 소홀할 염려가 있다.

물론 소홀하다고 해도 준형이 하는 것보단 훨씬 많은 수를 살릴 수 있겠지만.

"게다가 난 여러 가지 일로 바빠. 하찮은 녀석들 신경 쓸 여유가 없어."

생각하고 있는 최대한의 성장을 위해선 아무리 그라도 몸이 모자란다.

안 그래도 바쁜데 거기에 입문자까지 챙기기란 그로서도 쉽지 않은 일이니 자신을 대신할 대행자가 절실한 상황이었다.

"뭔가 이상하군요. 죽든지 살든지 관심이 없는데, 살리는 일을 맡기다니."

충분히 이유를 설명하지 않은 정훈의 제안은 허점이 많았다.

"이해를 바라진 않아. 나에게도 사정이란 게 있으니까. 다만 너에겐 나쁠 게 없는 제안 아냐? 네가 원하는 인도주의 사상을 실천할 수 있는 데다가 덤으로 보상까지 얻을 수 있는데."

의문스러운 게 많아도 서로가 원하는 게 있다면 그 거래는 성립될 수밖에 없다.

자신에게 유리한 조건이었지만 준형은 이를 선뜻 수락할 수 없었다.

"제가 무슨 자격으로 사람들을 살릴 수 있겠습니까."

비록 지금은 남들보다 조금 앞선 위치에 있지만, 그게 언제까지 계속되리란 법은 없다. 게다가 지금은 자신의 안위조차도 보장하지 못하는 판국이다. 길드는 몰라도 생판 모르는 남들을 챙길 여유는 없었다.

여유가 있다면 또 모르겠지만.

"지금은 그렇겠지."

맞는 말이다. 지금의 준형에겐 그럴 힘이 없다.

"하지만……."

말을 삼킨 그가 준비해 둔 것을 쏟아 냈다.

와르르.

보관함에서 떨어진 무구가 바닥을 굴렀다. 일견하기에도 고급스러워 보이는 무구 한 세트가 지면을 장식했다.

"이건?"

"거래에 대한 선금."

이것 역시 대장간에서 제작된 것이었다.

다만 숙련도를 위해 양산한 게 아닌, 꽤 공을 들인 작품.

용식과 그의 부하들에게 준 것보다 두 단계 높은 희귀 등급의 무구였다.

"그리고 널 왕의 자리로 인도할 왕관이지."

현재 입문자들이 지닌 최고 등급의 무구라고 해 봐야 고급이다. 그런 도중에 희귀 등급으로 무장한 이가 나타난다면 어떨까? 그야말로 일당백이라는 말에 어울리는 강자로 거듭날 것이다.

"이 정도 날개를 달아 줬으면 나머진 알아서 할 수 있지?"

어찌 보면 이건 일종의 시험이었다.

어린아이에게 칼을 쥐어 줬을 때 어떻게 성장하는가.

사람을 죽이는 살인자가 될 수도 있고, 그것으로 사람을 구하는 영웅이 될 수도 있을 것이다.

'넌 어떻게 될까?'

물론 살인자든 영웅이든 어떤 쪽이든 상관없다. 그저 자신의 조건에 부합하기만 한다면 계속 기회를 줄 것이다.

만약 실패작이 된다면 희귀 무구는? 전혀 아깝지 않다.

다른 입문자에겐 보물이 분명하나 그에겐 언제든 제작할 수 있는 양산품, 그 이상이 아니었다.

아까운 건 무구가 아니라 시간이었다.

준형이 제 몫을 다해 준다면 그것만큼 좋은 건 없겠지만,

그렇다고 그에게만 매달리진 않을 것이다.

사람은 널리고 널렸고, 아직 그리 시간이 촉박한 것도 아니었으니.

"자, 내가 제안할 건 이게 끝. 어때? 할 거야, 말 거야?"

줄곧 침묵을 지키던 준형에게 결정을 재촉했다.

자칫 심각한 얼굴로 고민하고 있었던 그가 입을 열었다.

"거래의 조건은 사람들을 살리는 것 하나로 만족하는 겁니까?"

"물론. 네가 해야 할 일은 되도록 많은 사람을 살리는 거야. 방금도 말했지만, 그에 따른 추가 보상은 확실하게 해 줄 테니 걱정하지 말고."

결과에 따라 보상이 달라진다.

확실히 재능이 있다 판단된다면 보너스도 두둑이 챙겨 줄 생각이었다.

'잘하기만 하면 팍팍 밀어주지.'

이왕이면 처음 만난 준형이 대행자가 되길 바랐다. 그래야만 앞으로 있을 대전쟁에 유리한 위치를 점할 수 있을 테니 말이다.

"알겠습니다. 거래를 받아들이겠습니다."

줄곧 고심하던 준형이 이윽고 고갤 끄덕였다.

자신이 생각하는 이상을 펼칠 기회였다. 설사 악마와 손을 잡는 한이 있더라도 승낙할 수밖에 없었다.

"Good Choice."

어차피 그리될 것을 알고 있었지만, 기꺼운 마음으로 박수를 쳐 주었다.

준형을 대행자의 후보로 낙점한 이후 예정했던 소원의 우물에서 거래를 시작했다.

예상했던 대로 매끄럽게 진행되진 않았다.

가진 게 많은 대장장이를 털어먹기 위한 온갖 소동이 벌어졌다.

하지만 정훈이 직접 손을 쓰는 일은 없었다.

그가 나설 필요도 없이 준형의 손에서 모든 게 정리되었다.

애초에 동쪽 신전에서 급성장한 그다. 거기에 희귀 무구로 무장했으니 웬만한 입문자는 한주먹거리도 되지 않았다.

정훈을 향해 시빌 거는 수십 명의 입문자를 단숨에 쓰러뜨리며 그의 이름 석 자를 모두의 뇌리에 똑똑히 새겼다.

준형의 눈부신 활약과 함께 소란은 진정됐고, 정훈은 1,100개의 입문자 무기를 거래할 수 있었다.

처음 입문자의 방과 에이스 길드와의 거래, 그 모든 것을 합쳐 총 1,270개의 무기가 수중에 들어온 것이다.

필요한 건 정확히 1천 개였지만, 어차피 보관함만 차지하는 쓸모없는 무구를 처분할 겸 모두 거래해 주었다.

'드디어 채웠다.'

한주먹 캐릭터의 아이템을 지닌 이후로 소유욕이라는 게 없어진 줄 알았다.

하지만 지금은 다르다. 그는 그 어느 때보다 더 강렬한 욕망에 휩싸여 있었다.

기대와 긴장, 그리고 흥분으로 숨을 몰아쉬었다.

'하지만 아직 축배를 들기엔 이르지.'

이내 감정을 다스린다.

이 순간은 그저 수많은 난관 중 하나를 통과한 것에 지나지 않는다.

아직 해야 할 일이 많은데 여기서 안주할 순 없었다.

북적이는 사람들을 헤쳐 가며 한곳으로 움직였다.

그의 발걸음이 향한 곳은 아직도 그 쓰임새가 밝혀지지 않은 신비의 우물이었다.

우물이 손 닿을 거리쯤에 멈춘 그는 보관함을 열었다.

네모난 칸 안에 '입문자 무기(1,270)'라는 항목이 보였다.

그것을 보며 우물 안에 쏟아 내는 가상의 그림을 그렸다.

우르르.

정확히 우물의 위, 아무것도 없는 허공에서 1,270개의 입문자 무기가 쏟아졌다.

한참 동안 쏟아져 내리던 무기의 비가 마침내 그쳤다.

좌아악.

그러고 나자 우물이 거칠게 물을 내뿜었다.

정훈의 시선은 물줄기의 끝을 향해 있었다.

물줄기의 끝엔 검은 구슬이 놓여 있었다. 마치 살아 있는 것처럼 검은 기운이 넘실대는 주먹만 한 구슬이.

조심스러운 손길로 그것을 움켜쥐었다.

'이걸 얻게 될 날이 올 줄이야.'

감격스러웠다.

얻는 방법은 진즉 알고 있었다. 다만 1천 개나 되는 입문자 무기를 구하는 게 요원했을 뿐이다.

모든 게 입문자 무기의 강제력 때문이었다.

이 무기는 초보자 전용 무기라는 특성상 정당한 거래가 아닌 이상 손에 넣는 게 불가능하도록 설정되어 있었다.

10년이 넘는 게임 역사에서 가장 많이 구했던 게 200개였을 정도로 그 난이도는 살인적이었다.

이건 안 돼. 수많은 시도 끝에 불가능하다고 판단한 물건이 드디어 손에 들어왔다.

어찌 기뻐하지 않을 수가 있을까.

마치 보물을 다루듯 소중하게 감싸 쥔 구슬을 보관함에 넣었다.

그 순간 수많은 시선이 뒤따랐다.

누구도 알지 못했던 신비의 우물의 쓰임새가 밝혀진 것

이다.

거기에 1천 개나 되는 입문자 무기를 제물로 얻어 낸 구슬. 그 가치를 짐작하는 건 어렵지 않은 일이었다.

욕망에 가득 찬 수백, 수천의 눈동자가 정훈의 등에 꽂혔다.

오금이 저린 시선에도 정훈은 아랑곳하지 않았다. 오히려 시선을 즐기는 듯한 기분마저 들 정도로 여유로웠다.

'덤비는 새끼는 최소 팔다리 하나는 가져간다.'

설사 이곳의 모두가 덤비더라도 가볍게 압살할 힘. 그것이 그가 지닌 자신감의 원천이었다.

오싹.

입문자들에게도 그 의지가 전해졌다.

덤비면 죽는다. 위험한 분위기를 자아내는 정훈에게 그 누구도 접근하지 못했다.

홍해가 갈라지듯 양쪽으로 비켜섰다.

정훈이 산책을 거닐 듯 천천히 멀어질 때까지 그 누구도 감히 고갤 들 수 없었다.

유난히 달빛이 밝은 야심한 시각.

파문 한 점 없는 고요한 호숫가 근처엔 일단의 무리가 경계를 서고 있었다.

잔뜩 고무된 표정의 사내들.

"오늘은 사냥이 수월하겠어."

15명 조원을 이끌고 있는 조장 한혁이 웃었다.

하루 전만 해도 이렇진 않았다. 아무리 공략법이 있다지만, 부상 혹은 사망의 위험성이 있는 사냥이 좋을 턱이 없었다.

그런데 오늘, 많은 게 바뀌었다.

자신감의 근원은 무장 상태였다.

오후에 있었던 대장장이와의 거래 후, 용식의 명령으로 길드에서 상위 10퍼센트만이 완전무장을 갖출 수 있었다.

한혁의 조는 그 10퍼센트 안에 드는 정예 인원이었다.

그들은 예전과 다른 무장 상태로 자신감이 충만해 있었다.

"오늘은 쉬엄쉬엄해도 잡겠는데요, 흐."

한혁의 기분을 맞추려는 듯 조원들이 동조했다.

"그래도 너무 방심하지 말고. 이번엔 인어 타임이니까. 알지?"

그래도 조장이라고 주의 주는 걸 잊지 않았다.

특히 지금은 일반 머맨 사냥이 아닌 인어가 등장하는 시간이었다.

24시간을 3으로 나눈, 정확히 8시간마다 머맨은 인어를 대동한다.

그리고 지금은 자정까지 1분이 남은 시간.

"떴습니다!"

과연 예상했던 소식이 날아들었다.

정찰을 보냈던 척후조가 인어의 등장을 알린 것이다.

"자 자, 다들 준비하자고."

척후조 세 명을 제외한 남은 12명을 3개 조로 나누어 진형을 짰다.

각자 하나씩 달고 올 머맨을 각개격파한다. 이것은 머맨의 고유 특성 중 하나인 '전우애'로 인한 것이었다.

10미터 내의 동료 하나가 쓰러질 때마다 몸이 붉게 변하며 더욱 강력해지는 머맨 고유의 특성. 하지만 10미터 밖이라면 이러한 특성이 발휘될 일이 없었다.

"온다!"

멀리서 다가오는 척후조와 머맨을 발견한 한혁이 소리쳤다.

날랜 움직임으로 뛰어오는 이들 뒤로 트라이던트를 쥔 머맨이 보였다.

상반신은 근육질의 남성, 하반신은 생선의 꼬리. 흡사 뱀처럼 하반신을 미끄러뜨리며 빠른 속도로 척후조를 쫓고 있었다.

긴장된 시선으로 손안의 무기를 꼬나쥐었다.

아무리 전보다 나은 무장을 한 상태라지만, 상대는 머맨이다.

현재 숲에서 가장 강하다고 알려진 괴물. 긴장은 당연한 일이었다.

100미터, 50미터, 10미터.

"고오옹겨어어……."

마침내 공격 범위에 들어왔다고 판단한 한혁이 공격을 명령할 때였다.

쐐애액.

바람이 찢어졌다.

"케헥!"

숨 넘어가는 비명과 함께 멀쩡히 달려오던 머맨 셋이 쓰러졌다.

그들의 이마에는 바람과도 같은 형질의 화살 3개가 꽂혀 있었다.

"뭐, 뭐야?"

일련의 사태에 놀란 한혁이 주위를 살폈고, 곧 나뭇가지에 서서 활을 겨누고 있는 한 사람을 발견할 수 있었다.

'저자는?'

아는 얼굴이다.

현재 입문자 사이에서 가장 유명세를 떨치고 있는 인물. 통칭 '의문의 대장장이'로 알려진 정훈이었다.

'후, 늦을 뻔했군.'

화살이 박혀 든 것을 확인한 정훈이 그제야 안도의 한숨을 내쉬었다.

의도한 건 아니었다. 시간은 자정을 향해 가고 있었고, 이번 기회를 놓치면 장장 8시간을 기다려야만 했다.

시간을 맞추기 위해 속도를 낸 그는 머맨을 발견하는 즉시

예로 녀석들을 쓰러뜨렸다.

3미터가 넘는 나무 위에서 아래로 훌쩍 뛰어내렸다.

깃털처럼 가볍게 안착한 그는 한혁과 조원들을 지나쳤다.

"수고해."

그러면서 그는 한혁의 어깨를 가볍게 두들겼다.

"……."

호수가, 통칭 머맨 존이라 불리는 이곳은 에이스 구역이다.

명백히 구역을 침범당한 셈이지만, 한혁을 그를 제지할 수 없었다.

어떠한 경우도 그와의 마찰을 금한다. 혹 마찰이 생길 것 같으면 즉시 길드로 연락을 넣어라. 선보고 후 조치를 기본으로 한다. 따로 명령이 있기 전까지는 무조건 참아라. 같은 길드원이 당하는 경우라도 반격을 금한다. 만약 이를 어기다가 발각되는 자가 있다면 즉각 처벌할 것이다.

길드장인 용식의 엄명이 떨어진 탓이었다.

이유를 막론하고 무조건 처벌하겠다는 선언이었다.

단호한 그의 말에 연유를 물었지만, 극비 사항이라며 쉬쉬하는 분위기였다.

마치 제집 안방인 양 태연하게 거니는 정훈을 보며 한혁이 눈짓했다.

'길드에 보고해.'

눈빛에 실린 기색을 읽은 척후조 하나가 빠르게 호숫가를 벗어났다.

물론 떠나는 그를 눈치채지 못할 정훈이 아니었다.

그들이 뭔 짓을 하건 관심 없었다. 그의 관심사는 오직 하나다.

정훈은 그저 똑바로 걸었다.

머맨이 쓰러진 장소에서 200미터 정도 나아가자 쓰러져 있는 미녀를 발견할 수 있었다.

허리까지 내려오는 백금발 머리칼에 호수를 닮은 에메랄드 눈동자. 피부는 환자라 생각될 정도로 희고 투명했다.

그야말로 미녀라는 말에 어울리는 존재.

유일한 단점이라면 하반신이 물고기의 비늘로 뒤덮여 있다는 점일 것이다.

머맨과 같은 반인반어半人半漁의 여성체인 인어였다.

정훈은 발견한 인어의 물기 어린 눈동자에 공포가 깃들었다.

얼마나 무서운지 오들오들 떠는 모양새가 처량하기 그지 없었다.

무심하게 인어를 바라보던 정훈은 보관함에서 손가락 마디만 한 유리병을 꺼냈다. 투명한 유리병 안에는 보라색 액체가 찰랑대고 있었다.

퐁!

마개를 열자 그 안에서 매혹적인 향이 퍼져 나왔다.

달콤하면서도 따뜻한, 뭔가 심신을 미약하게 만드는 특이한 향이었다.

그 향에 취한 듯 인어의 눈빛이 몽롱해졌다. 조금 전까지 떨던 육신도 안정을 찾은 듯 잠잠해졌다.

'효과는 확실하네.'

향만으로 이 정도 효과라니. 과연 사랑의 묘약이라 불릴 만했다.

'여기서 쓰긴 아깝지만.'

사랑의 묘약, 정식 명칭은 이졸데의 사랑.

그가 지닌 몇 안 되는 전설 등급 아이템 중 하나였다.

물론 무구가 아닌 일회성의 소비 용품이다. 하지만 그 가치가 더하면 더했지, 결코 덜하진 않다.

이 소중한 걸 초반에 써야 한다는 게 아까웠지만.

'별수 있나.'

다른 건 몰라도 이 '서브 시나리오'만큼은 반드시 해결해야 하니까.

여전히 남는 아쉬움을 뒤로한 채 인어를 향해 다가갔다.

몽롱하던 그 눈빛이 다시금 경계를 띠었다.

그녀의 심경 변화에도 정훈은 멈추지 않았다.

성큼성큼 다가간 그가 기습적으로 팔을 뻗었다.

"커컥!"

목덜미를 움켜쥔 거친 손길에 비명을 지르는 것도 잠시.
미리 준비한 사랑의 묘약을 인어의 입으로 흘려보냈다.

흘려보냈다고 해 봐야 고작 한 방울이었다.

어렵게 떨어뜨린 한 방울의 묘약을 확인한 그는 잡았던 목
을 풀어 주었다.

인어는 켁켁거리며 자신의 목을 쓰다듬었다.

공포와 절망 그리고 분노로 가득한 그녀의 눈빛은 잠시 후
하나의 감정으로 가득 찼다.

"……!"

동그랗게 뜬 눈이 초승달 모양으로 바뀌었다.

입가엔 미소가 가득하고, 수줍은 듯 양 볼이 붉게 물들었다.

영락없는 첫사랑에 빠진 소녀의 모습이었다.

사랑의 묘약 효과가 발동한 것이다.

찰나 간에 벌어진 변화와 함께 정훈이 움직였다.

가까이 다가오는 그를 보면서도 인어의 눈빛은 바뀌지 않
았다. 오히려 다가오는 그를 보며 수줍게 웃었다.

숨결이 닿을 지척까지 다가간 정훈은 허리를 숙여 엉덩이
와 허리 부근을 감싸 안은 채 몸을 일으켰다.

갑작스러울 텐데도 미소를 잃지 않은 인어가 조심스레 정
훈의 목에 팔을 감았다.

그 광경은 누가 보더라도 이제 사랑을 시작하는 연인의 모

아이템
매니아

습이었다.

다만 남자, 정훈의 얼굴에 깔린 차가움만이 이질적일 뿐이
었다.

인어를 안은 채 호수로 다가갔다.

찰랑-.

발목까지 닿던 물이 허리까지 잠기게 되었을 때, 인어를
놓아주었다.

살며시 떠미는 그 힘에 저항하지 않은 채 헤엄쳐 나온 인
어가 서서히 멀어졌다.

어느 정도 거리가 벌어졌을까. 이내 뒤를 돌아본 인어가
손을 흔들었다.

하지만 정훈은 이에 화답하지 않았다.

그저 무심한 눈길로 호수 속으로 가라앉는 인어를 끝까지
지켜봤다.

한동안 인어가 사라진 곳을 바라보던 그가 물가에서 나
왔다.

'도대체 저게 뭐 하는 개짓거리야?'

그곳엔 의아함이 가득한 표정의 한혁과 조원들이 서 있
었다.

힘들게 얻은 인어를 놓아주다니. 아니, 그건 그렇다 치고,
조금 전 그 삼류 로맨스는 뭐란 말인가.

자신이 혹 잘못 본 게 아닐까, 눈을 비벼 보았다.

'그래. 낯설겠지.'

이제 갓 입문자 딱지를 뗀 이들에겐 당연한 반응이었다.

하지만 시간이 지나면 그들도 알게 될 것이다, 메인 시나리오 이외에도 다양한 시나리오가 숨어 있음을.

"수고해."

넋이 빠진 한혁의 어깨를 두들기며 지나쳤다.

'아!'

순간 정신이 번쩍 들었다. 현재 길드에 상황을 알리러 갔다. 어떤 명령이 하달될지 모르니 상대를 추격해야 해야만 했다.

한혁이 지나치려는 정훈을 응시했다.

"응?"

하지만 그곳엔 아무도 없었다.

"뭐야? 어디 갔어?"

조금 전까지만 해도 옆을 지나치지 않았던가.

상황을 파악한 조원들도 재빨리 주변을 뒤졌지만, 그 어느 곳에서도 정훈의 모습을 발견할 수 없었다.

"이게 도대체……."

귀신에 씌기라도 한 것일까. 혼란에 빠진 그들은 한동안 멍하니 그 자리에 서 있어야 했다.

흐릿함의 망토로 기척을 감춘 정훈의 행선지는 마을이 아니었다.

인적이 드문 곳까지 온 뒤에야 쓰고 있던 망토를 풀었다.

그러곤 보관함에서 초록, 파랑, 주황색으로 칠이 된 이파리를 꺼냈다.

손에 쥔 그것을 한데 모아 문질러 연고와 같이 진득한 액체 상태로 만들었다.

유리병 속에 대부분을 덜어 내고 남은 잔여물을 눈가에 대고 발랐다.

잠시 감았던 눈을 뜨자, 검은 동공이었던 그의 눈이 진한 녹색 광채로 번뜩였다.

변화한 동공은 조금 전과는 다른 세상을 보여 주었다.

지금껏 보이지 않던 여러 개의 실선이 시야에 들어왔다.

'이것만 있으면 약초쯤이야.'

극악한 노가다인 생산 직업 숙련도였지만, 그에겐 남들이 할 수 없는 편법이 있었다.

지금 사용한 약초가 바로 그것이다.

이 셀림의 눈이라는 소모성 아이템은 짓이겨 눈에 바르면 근처에 있는 약초의 위치가 표시된다.

정훈의 시야 가득한 실선의 정체였다.

'해 뜨기 전까지 싹 쓸어 버리자.'

해가 뜨기까지 대략 6시간이 남은 상황이었다.

뜻을 이루기 위해선 셀림의 눈 이외에도 다른 준비가 필요했다.

빠른 이동을 위한 브룬힐데의 날개 부츠와 약초 캐는 속도를 상승시켜 주는 데메테르의 낫을 들었다.

위치, 이동속도, 캐는 속도, 3박자를 모두 챙겼으니 이제 길가에 널린 약초를 줍기만 하면 된다.

힘을 주어 지면을 박차는 순간 이미 그는 한 줄기 바람이 되어 숲속을 가로지르고 있었다.

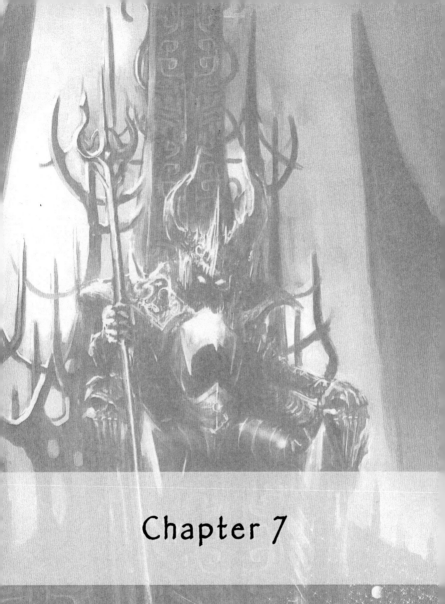

Chapter 7

4시간 동안 정말 쉬지 않고 약초를 캤다.

보관함엔 많은 수의 약초가 들어찼고, 채집 숙련도도 꽤 오른 상태였다.

어느 정도 만족할 만한 성과였지만, 그는 기계처럼 다시 움직였다.

오늘 안에 숲에 있는 모든 약초를 없애 버리겠다는 일념만 가득했다.

새로이 발견한 약초 하날 캐고 다시 움직이려던 그때였다.

크르르.

낮게 퍼지는 짐승 울음소리에 동작을 멈췄다.

뭔가를 찾듯 주위를 둘러보던 그의 눈이 가까운 고목에 향했다. 나무의 결이 갈색이 아닌 검은색에 가까웠다.

'벌써 경계선을 넘었을 줄이야.'

검은 고목은 비교적 안전한 경계선을 넘어 위험 구역에 들어섰다는 것을 의미한다.

입문자들이 가장 경계하는 구역에 들어섰지만, 정훈에겐 긴장을 찾아볼 수 없었다. 그에게 이곳은 공포의 장소가 아닌 더없이 좋은 숙련 노가다 장소에 불과했다.

사삭—.

가까운 곳의 수풀이 흔들리면서 모습을 드러냈다.

짐승, 아니, 그건 일반적으로 볼 수 있는 짐승이 아니었다.

전체적으로 성인의 체형과 닮아 있다.

갈기와 같은 털이 몸 곳곳에 나 있고, 한 뼘이 넘는 갈고리 모양의 손톱과 발톱, 그리고 강철도 씹어 먹을 듯 튼튼한 송곳니까지.

라이칸스로프, 흔히 늑대인간으로 불리는 저주받은 종족이다. 그 강함은 입문자 레벨에서 논할 단계가 아니었다.

희귀 등급의 무구로 무장한 준형이 와도 10초를 버티지 못할 숲의 무법자이자 경계선의 수호자.

캬악!

강인한 두 다리로 힘차게 도약했다.

흐릿한 잔상과 함께 일직선으로 뻗어 온 녀석의 송곳니가 어느새 정훈의 목덜미에 닿고 있었다.

서걱.

분명 뒤늦게 휘두른 정훈의 낫이 먼저 닿았다.

간결한 그 동작은 라이칸스로프의 머리를 몸통에서 분리시켰다.

크릉, 컹!

하지만 적은 1마리가 아니었다.

녀석들 또한 늑대와 같이 무리를 짓는 습성을 가지고 있기에 어느새 주변은 7마리의 라이칸스로프가 나타나 사납게 짖고 있었다.

경계선을 넘은 순간부터 녀석들을 사냥하기로 마음먹었다.

그런데 알아서 찾아와 주니 이 얼마나 고마운 일인가.

정훈의 낫이 춤을 췄다.

그의 낫은 자비를 몰랐고, 정확히 녀석들의 목을 쳐 냈다.

인간의 피보다 더욱 진득한, 딸기 잼과도 같은 끈적한 액체가 지면을 적시기 시작한 지 1분이나 지났을까.

처음 1마리를 포함한 여덟의 라이칸스로프는 채 1분을 버티지 못한 채 한낱 고깃덩이로 변했다.

온기를 잃은 8마리의 라이칸스로프엔 한 가지 공통점이 있었다. 하나같이 목이 잘린 채였던 것이다.

집요할 정도로 목을 노린 것은 취향의 문제가 아니었다.

'상처가 나면 고기의 질이 떨어지지.'

외형만 보자면 인간에 가까운 라이칸스로프지만 녀석들의

고기는 꽤 등급 높은 요리 재료였다.

그것도 손질하는 방법에 따라 하급과 고급의 등급으로 나뉘는 까다로운 재료.

최상의 고기를 얻기 위해 해야 할 것들이 많다.

우선은 도축. 질긴 가죽을 벗겨 내고 내장을 분류했다.

서걱서걱.

정훈의 손길에는 거침이 없었다.

단 한 번의 끊김 없이 가죽을 벗겨 내는 것은 물론 가죽 겉에 피 한 방울 묻어나지 않았다.

숙련된 손놀림의 비밀은 네모반듯한 식칼, '도살자의 칼' 덕분이었다.

유일급의 아이템으로 도축 기술을 숙련가로, 거기에 보다 신선한 고길 얻도록 보조해 준다.

덕분에 여덟의 라이칸스로프를 도축하는 데 그리 오랜 시간이 소요되지 않았다.

깨끗하게 가죽을 벗겨 낸 후 뒷다리를 밧줄에 묶었다.

그러곤 나뭇가지에 걸쳐 목 부근이 지면으로 향하도록 고정했다.

핏방울이 송골송골 맺히며 아래로 떨어졌다.

고기의 핏물을 제거해 누린내를 없애는 과정이었다.

특히 라이칸스로프의 고기는 누린내가 심하므로 핏물 제거 작업을 거치지 않으면 먹을 수조차 없다.

무엇보다 심혈을 기울여야 하는 작업이기에 거꾸로 매달아 30여 분간 핏물을 빼내야만 했다.

당연하게도 피 냄새를 맡은 라이칸스로프가 다수 몰려왔지만, 정훈의 일격에 목이 잘리는 과정이 되풀이될 뿐이었다.

늘어난 고기는 똑같은 과정으로 핏물을 제거했다.

이렇게 핏기를 제거한 고기는 향이 강한 기룬 약초를 태워 훈제 향을 가미했다.

이것으로 밑 준비는 끝이 났다.

뒷다리 고기 한 덩이를 제외한 모든 고기를 보관함에 넣었다.

'이 근처일 텐데…….'

경계선 너머의 숨겨진 장소. 게다가 정훈의 유일한 약점은 길을 찾지 못한다는 것이었다.

괜한 오기로 혼자서 좀 헤매 보다가 어쩔 수 없이 지식의 나침반을 꺼내 들었다.

원하는 곳을 연상한 후 나침반을 돌려 침이 가리키는 위치로 이동했다.

누군가 나무와 수풀을 제거해 인공적으로 만든 공터.

그리 넓진 않은 곳 중앙엔 모닥불을 피워 놓은 잔해가 남아 있었다.

정훈의 시선이 모닥불의 잔해로 향했다.

원하던 곳을 확인한 그는 주변을 돌아다니며 마른 장작을 모았다.

적당히 모은 장작을 모닥불 잔해에 올려 두고 붉은빛을 띤 손가락 모양의 약초를 집어넣었다.

화르륵.

저절로 불이 붙었다. 그것도 맹렬하게 타오르는 불길이었다.

'요리는 불 맛이 좌우하지.'

작은 충격에도 열을 발산하는 불똥 약초를 사용했다.

이 강렬한 열기는 익으면서 손실되는 육즙을 꽉 붙들어 줄 것이다.

핏기로 누린내를 꽤 잡았지만, 풍미가 부족하다.

이를 위해 누린내를 잡는 페브, 은은한 매운 향이 일품인 사피린, 그리고 신맛, 짠맛, 단맛이 섞인 오묘한 맛의 칼튼을 으깨어 고기 겉면에 발랐다.

맛이 한곳에 몰리는 일이 없도록 골고루 펴 바른 후 준비해 둔 뾰족한 꼬챙이에 꿰어 불에 올렸다.

타타탁.

불길을 만난 고기가 요란한 소릴 내며 익어 갔다.

워낙에 불길이 강렬해 익기보다는 검게 타고 있었지만, 크게 상관하지 않았다.

어차피 겉면은 버릴 생각이었다.

단지 너무 한쪽만 익는 일이 없도록 빠르게 꼬챙이를 돌려

골고루 열기를 분산했다.

두꺼운 고길 직화로 구울 땐 약한 불로 오랜 시간 굽는 게 일반적이다.

하지만 정훈이 꼬챙일 빼낸 것은 고작 20분이 지났을 때였다.

꼬챙이엔 숯이라고 생각될 정도로 검게 탄 덩어리만이 남아 있었다.

허리에 찬 도살자의 칼로 겉면을 쳐 내듯 베었다.

삭, 삭.

칼질이 이어질 때마다 검게 탄 겉면에 감춰져 있던 노릇노릇한 속살이 모습을 드러냈다.

하얀 김이 장식처럼 모락모락 피어오르며 폭발하듯 향이 터져 나왔다.

'좋군.'

응축된 향은 성공적인 요리라는 것을 증명하고 있었다.

자신도 모르게 침을 꿀꺽 삼킨 그는 적당한 크기로 썬 조각을 입으로 가져갔다.

츄릅.

한 입 베어 문 순간 육즙이 터져 나오며 목구멍을 멋대로 타고 넘어갔다.

누린내 따윈 없었다.

다만 지방의 고소함과 약초가 더해 준 감칠맛이 홍수처럼 입안을 자극할 뿐이었다.

"크으, 맥주가 간절한데."

고기의 느끼함을 잡아 줄 시원한 맥주 한 잔만 있었다면 더할 나위가 없었을 것이다.

하지만 아직은 맥주를 구할 방도가 없었다.

물론 이것만으로도 충분히 만족했다.

한정훈

근력(輕) : 259.5(+3)	강인함(輕) : 293.9
순발력(輕) : 332.4(+3)	마력(輕) : 297.2

*언령
1등 사냥꾼(모든 능력치 +1)
운수 대통(주사위 더블 확률 +31퍼센트)
첫발을 내디딘 영웅(모든 능력치 +10)
시련을 이겨 낸 자(모든 능력치 +20)
천상천하유아독존(모든 능력치 +30, 모든 저항 +10퍼센트)

*스킬
불굴의 정신(패시브)

*무기 숙련도

창 : Lv. 1(35퍼센트)	검 : Lv. 2(12퍼센트)
활 : Lv. 1(11퍼센트)	망치 : Lv. 1(7퍼센트)

*속성

화염 : 13.1퍼센트	물 : 11.0퍼센트
땅 : 10.7퍼센트	

*생산 숙련도

숙련 채광꾼 : 1.3퍼센트	숙련 대장장이 : 0.9퍼센트
수습 채집꾼 : 5.6퍼센트	수습 도축가 : 2.1퍼센트
수습 요리사 : 0.3퍼센트	

상태 창을 열자 조금 전과 달리 일부 능력치가 상승해 있었다.

정훈이 만든 요리, '늑대와 함께 춤을'로 인한 것이었다.

이 음식은 먹었을 때 근력과 순발력을 3 상승시키는 효과가 있었다.

'역시 숙련도가 더 올랐어.'

정훈이 주목한 건 다른 무엇보다 요리 숙련도의 상승이었다.

본래 라이칸스로프 관련 요리를 할 때마다 숙련도는 0.2퍼센트씩 상승한다.

하지만 지금 그는 0.3이 상승해 있었다.

기존보다 50퍼센트 상승한 것이다.

바로 이곳이 요리 숙련도가 50퍼센트 상승하는 보너스 지역이기 때문이었다.

일명 요리지왕料理之王의 야영지라 불리는 곳.

최고의 맛을 찾아 요리 여행을 떠난 이의 발자취.

이곳은 훗날 요리지왕이라 불린 이의 첫 야영지였다.

그의 손길이 깃든 모닥불은 요리 숙련도를 더욱 빠르게 상승시키는 효과가 있어서 굳이 이곳을 요리 장소로 선택했던 것이었다.

'그나마 이런 곳이라도 알아 다행이지.'

선택이 아닌 필수인 생산 기술. 현재 대부분의 입문자가 그저 사냥을 통해서만 능력치를 올리는 데 치중하고 있지만, 그것만으론 한계에 부딪칠 수밖에 없다.

그 한계의 벽을 깨부수어 줄 것이 생산 기술이다.

물론 지금의 입문자들에게 그 정도의 넓은 시야는 기대할 수 없으리라.

'나야 좋지.'

광석과 약초, 그리고 요리 재료에 이르기까지. 관심이 없기에 독점할 수 있었다.

'강해지고 또 강해진다.'

현 입문자 중 넘볼 수 없는 무력의 정훈이지만 안주할 순 없다.

지금만으론 부족하다. 괴물을 상대하려면 괴물이 되어야 한다.

거칠게 고기의 살점을 떼어 내 씹었다.

아직 밤의 시간은 많이 남아 있었다.

어둠을 물리치는 해가 산기슭 너머로 떠올랐다.

따사로운 햇살이 나무 그늘 사이로 비치자 이름 모를 새들이 정답게 지저귄다.

"으음."

한적한 숲의 공터. 한 사내가 눈을 어지럽히는 햇살에 몸을 일으켰다.

주변이 온통 몬스터로 가득한 숲에서 태평하게 잠을 잘 수 있다니.

입문자 중 그럴 만한 담력을 갖춘 이는 정훈밖에 없을 것이다.

조금 전까지만 해도 주변을 돌아다니며, 라이칸스로프를 비롯한 몬스터의 씨를 말리던 그는 1시간의 쪽잠을 청했다.

고작 1시간. 평범한 사람들에겐 터무니없이 부족한 시간이지만, 강인함이 경의 경지에 이른 정훈은 큰 피곤함을 느끼지 못했다.

물론 상쾌하다는 건 아니다. 다만 적당히 활동할 수 있는 정도는 됐다.

'좀 뻐근한가? 그래도 목표는 달성했다.'

이리저리 몸을 움직여 상태를 확인하던 그의 입가엔 옅은 미소가 걸려 있었다.

약초 채집은 15퍼센트, 도축은 11퍼센트, 요리 숙련도는 25퍼센트를 달성했다. 처음 목표로 했던 것보다 더 높은 수치다.

수면 시간을 줄여 가며 노력한 결과는 대만족이었다.

숙련도 작업도 성공적이겠다, 이제는 뿌린 씨앗을 거둘 차례였다.

"호라."

시간을 알려 주는 명령어를 외쳤다.

−현재. 시각. 오전. 7시. 32분.

그러자 뚝뚝 끊어지는, 그야말로 기계음의 정석과도 같은 음성이 시각을 알려 주었다.

'가 볼까?'

움직이려고 마음먹은 순간 그는 이미 빠르게 숲속을 가로지르고 있었다.

주변 사물이 흐릿하게 스치고 지나갔다.

그중에는 숲의 몬스터도 있었지만, 광풍과도 같은 정훈의 뒤를 쫓지 못했다.

본래도 날랜데, 거기에 브룬힐데의 날개 신발까지 착용했으니 숲의 무엇도 그를 막지 못했다.

누구의 방해도 없이 전진하기를 10분여.

마침내 목적지가 보이기 시작했다.

'또 저 녀석들이네.'

아직은 먼 거리였지만 정훈의 시야엔 선명히 보였다. 호숫가를 지키고 있는 일단의 무리가.

어젯밤 억울하게 인어를 빼앗긴 한혁과 그의 조원들이었다.

반가운 마음에 더욱 속도를 높이자 먼 거리가 단숨에 좁아졌다.

"우왁!"

모래 먼지를 날리며 당도한 정훈을 보며 모두가 놀란 가슴을 쓸어내렸다.

"또 만났네?"

그래도 구면이라고 인사를 건넸지만, 정훈임을 확인한 한혁의 표정은 똥을 씹은 것처럼 형편없이 구겨졌다.

'씨팔, 또 이 새끼야?'

어제 일을 보고하고 난 후 용식의 짜증을 받아야만 했던 그로선 이 만남이 좋을 턱이 없었다.

'충돌하면 처벌하겠다고 하더니, 나보고 어쩌라고!'

애초에 용식이 뱉은 말이 있기에 문책이 있진 않았다.

다만 짜증을 가장한 문책과 갈굼을 몇 시간 동안 견뎌야만 했다.

돌려서 말하는 용식의 요지란 건 간단했다.

너무 간단히 인어를 내줬다는 것.

멀뚱히 지켜만 보지 말고 다른 쪽으로 시선을 유도할 수도 있었다는 등의 헛소리였다.

'그게 말이 되냐고. 애초에 인어를 노리고 온 놈한테 무슨······.'

말도 안 된다는 건 알고 있다.

하지만 위에서 까라면 까는 게 아랫놈의 현실이니 일단은 할 수 있는 데까지 해 보는 수밖에 없지 않은가.

"여긴 어쩐 일이십니까?"

대하는 데 있어 조심하라는 용식의 추가 명령이 있었다.

최대한 화를 다스리며 미소 띤, 공손한 어투로 물었다.

"인어 잡으러."

'야, 이 개새꺄!'

마치 내 것을 찾으러 왔다는 정훈의 태도에 눈썹이 역팔자로 휘어졌다.

'참자, 참아.'

하지만 참아야 한다. 아니, 참을 수밖에 없었다.

길드의 명령 때문만은 아니다.

상대는 15명이 힘을 합해야만 겨우 쓰러뜨릴 수 있는 머맨을 손쉽게 쓰러뜨린 강자다.

지금 인원으로 덤볐다간 나란히 저승행 표를 끊게 될 게 뻔했다.

'막는 건 무리. 최소한 목적만이라도 알아내야 한다.'

대단한 걸 바라는 게 아니다.

왜 인어를 노리는지, 언제까지 집을 건지, 최소한의 정보라도 가져가야 그나마 욕을 조금은 덜 먹지 않겠는가.

그의 걱정을 읽었음일까.

정훈이 힘을 뺀 손으로 어깨를 두드린다.

"걱정하지 마. 이번이 마지막이니까."

조금은 안도하는 한혁을 뒤로한 채 호수로 접근했다.

시각은 7시 43분. 17분의 시간이 남았다.

그 자리에 편하게 주저앉은 정훈은 명상에 잠기듯 눈을 감고 주변의 소리에 귀를 기울였다.

놀랍도록 발달한 감각에 여러 가지가 잡혔다.

한혁 무리가 기웃대는 발걸음, 바람, 호수의 잔잔한 물결, 심지어 벌레들이 풀을 갉아 먹는 소리까지도.

이건 단순한 시간 여흥이 아니었다.

힘을 세밀하게 컨트롤할 수 있는 일종의 훈련이었다.

게임에서야 그저 주어진 능력치에 따른 힘을 발휘할 수 있지만, 현실이 된 지금은 많은 게 달라졌다.

100의 힘이 있다고 가정하면 이걸 다루는 방법에 따라 120이 될 수도, 80이 될 수도 있다.

'내가 딱 그 꼴이지.'

솔직히 말해 지금 자신의 처지가 그랬다. 과분할 정도로 넘치는 힘을 제대로 다루지 못하고 있는 것.

당연한 일 아닌가.

게임의 경험이 있다지만 그도 평화로운 현대의 삶을 살아온 평범한 30대 아재에 불과했고, 전투나 싸움에 관해선 문외한이었다.

그저 압도적인 성능의 아이템을 이용해 압살하고 있을 뿐, 정작 알맹이는 부실하기 그지없었다.

진즉 이런 사실을 깨닫고 있었던 그는 부족한 부분을 메꾸기 위해 지금의 훈련을 고안해 냈다.

언뜻 단순해 보이지만, 감각을 극대화하고 집중력을 향상하는 썩 괜찮은 훈련이었다.

'점점 나아지는 것도 사실이고.'

힘의 세밀한 조절, 그리고 날카로워진 감각.

틈나는 대로 훈련을 병행하다 보니 조금씩 나아지고 있었다.

비록 크게 티 나지 않게 아주 조금씩이었지만.

'서두를 필욘 없다.'

아직은 괜찮다. 대면하려면 적어도 2개의 시나리오를 더 거쳐야 할 테니. 그동안 차근히 실력을 쌓을 것이다.

집중. 그렇게 상념을 지우며 숲의 소리에 빠져들었다.

⁂

짧지 않은 10분은 빠르게 흘러갔다.

조용하다. 호숫가에는 명상에 빠진 정훈을 제외한 그 누구도 없었다.

에이스 길드에서 온 전령이 철수하라는 명령을 내린 탓이다.

애초에 용식은 정훈과 마찰을 빚을 마음이 눈곱만큼도 없었다.

혹여 심기가 상할까 염려한 그는 인어 사냥이 편하게 이루어지게끔 방해꾼들을 치워 주었다.

정훈이 했던 말처럼 이것이 마지막 사냥이길 빌며.

좌악!

잔잔하던 호수에 일어난 변화와 동시에 정훈의 눈이 번쩍 뜨였다.

그의 시선 너머 요란하게 치솟는 물줄기가 있었다.

투명한 물 너머에 비친 건 사람이었다.

그것도 절세의 미색을 지닌 아름다운 여성이었다.

비단결과 같은 백금발은 허리까지 닿았고, 호수를 그대로 투영한 듯한 에메랄드 눈동자가 영롱하게 반짝였다.

무엇보다 그녀를 빛나게 하는 건 순백의 피부 위를 가리는 게 없다는 점이었다. 그녀는 전라였다.

실오라기 하나 걸치지 않은 미녀가 물속에서 나왔다.

그런데 그보다 더 놀라운 건 그녀가 수면 위를 걷고 있다는 것이다.

무협지에 나오는 고수들이 수상비水上飛를 펼치듯 물 위를 걷고 있었다.

이 신비한 현상이 아무렇지도 않은 듯 물 위를 걸어가던 미녀는 무언가를 찾는 것처럼 쉴 새 없이 주위를 두리번거렸다.

"……!"

그러던 중 정훈을 발견하더니 이내 화사한 미소를 띠었다.

걸음이 빨라졌다. 거의 뜀박질 수준으로 속도를 낸 그녀는 얼마 지나지 않아 지면에 발을 디딜 수 있었다.

모래와 자갈이 발에 닿자 익숙하지 않은 고통에 이마를 찡그렸다.

하지만 그것도 잠시일 뿐, 발을 몇 번 디뎌 보더니 이내 고통을 잊은 것처럼 뛰어가기 시작했다.

이 세상에 정훈만이 있는 것처럼 오직 그만을 응시하며 달려가는 모양새가 잃어버린 연인을 찾은 듯했다.

하지만 현실은 소설처럼 달콤하진 않았다.

걸음이 익숙하지 않은 아이처럼 계속 자빠지고 있었다.

물 위에서는 그렇게 잘 걷더니. 고작 100미터도 되지 않는 거리를 가는 동안 무릎은 까지고, 온몸이 흙투성이다.

그럼에도 그녀는 결코, 포기하지 않았다.

100미터의 전장을 무사히 헤치고 나온 그녀가 양팔을 활짝 벌려 정훈을 안았다.

갑작스러운 포옹에 호응은 하지 않았지만, 그렇다고 거부하진 않았다.

뭉클.

나체의 그녀가 전하는 은밀한 감촉에 반응이 없기는 마찬가지였다.

그녀의 정체를 알고 있는 정훈으로선 당연한 반응이었다.

입문자가 아니다. 그렇다고 이계의 주민도 아니다.

눈앞의 미녀는 어젯밤 정훈이 구해 준 인어였다.

마녀와의 거래로 사람이 된 인어. 정훈에게 그녀는 사람의 모습을 한 몬스터에 불과했다.

"어, 어으아!"

환한 표정으로 뭔가를 말하려 하지만 앓는 소리밖에 나오지 않았다.

마녀에게 목소릴 뺏긴 탓이었다.

이 저주를 푸는 방법은 하나.

'키스였지.'

마녀와의 거래이자 내기에서 승리하고 잃어버린 목소리 되찾기 위해선 지정된 사람과 키스를 나눠야만 한다.

물론 그 대상은 정훈이었다.

"우우!"

이런 사실을 확인시켜 주듯 인어가 입술을 내민 채 눈을 감았다.

분위기고 뭐고 없는 본연의 목적에 충실한 행동이었다.

비록 흙먼지를 뒤집어쓰긴 했어도 이런 미녀가 입술을 내밀고 있다면 누군들 키스하고 싶지 않을까.

하지만 지금 이 순간이 정훈에겐 선택의 기로였다.

키스를 하느냐, 하지 않느냐의 분기점. 당연히 선택에 따라 많은 게 달라진다.

인어가 원하는 대로 키스를 하게 되면 보스, 심해의 마녀가 등장한다. 강력한 문어 괴물인 마녀는 인어를 죽이는 것은 물론 분풀이로 정훈마저도 죽이려 할 것이다.

다행히 마녀를 처치할 수 있다면 어마어마한 보상을 얻을 수 있지만…….

'거기서 얻을 건 없어.'

정훈이 얻을 건 없었다. 아니, 이미 그는 한주먹 캐릭터로 마녀를 잡은 바 있기 때문에 필요가 없다는 말이 맞을 것이다.

대신 키스를 하지 않으면?

아무 일도 없다.

'다른 선택지가 있지.'

불가능하다고 생각했던 선택지.

"미안하지만."

짧은 사과를 내뱉은 정훈이 단도를 꺼냈다.

구불구불한 검신은 불길한 흑색을, 손잡이를 비롯한 장식 대부분은 보라색을 띠고 있다.

살상용보단 의식용으로 쓰일 것 같은 단도는 인어와의 키스를 통해 등장하는 심해의 마녀를 처치해야 얻을 수 있는 특수 아이템이었다.

인어와 만나고 있을 땐 절대 지닐 수 없는 아이템이지만, 정훈만큼은 예외였다.

손에 쥔 단도의 차가운 촉감을 느끼며 직선으로 찔렀다.

푸욱.

잘 벼려진 날이 인어의 복부를 파고들었다.

"아!"

고통으로 일그러진 얼굴.

인어의 고개가 아래로 떨어졌다.

복부에 꽂힌 단도를 확인한 그녀의 얼굴에 떠오른 것은 의문이었다.

눈빛만으로도 그녀가 무엇을 말하려는지 전해졌다.

"미안."

귓가에 대고 조용히 속삭였다.

한낱 몬스터에 불과하나 그래도 자신을 사랑해 줬던 존재를 향한 짧은 예의였다.

물론 그 이상의 감정은 없었다.

어째서? 그녀는 끝내 의문을 표하지 못했다.

단도에 찔린 부분을 시작으로 육신이 거품으로 화하기 시작했다.

눈 깜짝할 사이 거품으로 화한 육신이 지면으로 스며들었다.

정훈은 무심히 그 광경을 응시할 뿐이었다.

'내가 이리 대범한 녀석이었나?'

스스로 생각해도 의문이었다.

사실 그는 조금 지질하고 소심한 편이다.

그런데 이 세계에 와서는 아무렇지도 않게 주민들을 죽이는가 하면 꽤 잔인한 행위도 서슴지 않는다.

눈앞에서 사람이 죽어도 아무렇지 않을 것 같다.

마치 누군가 자신의 뇌에 뭔가를 씌워 놓은 것처럼 정신이 흔들리지 않았다.

그저 강해져서 살아남는 것. 그 이외에는 어떤 것도 안중에 없었다.

'이것 때문일지도.'

상태 창을 열어 스킬난을 보았다.

처음부터 그에게 장착되어 있던 불굴의 정신이라는 패시브 스킬. 어쩌면 이것의 영향이 아닐까.

'좀 더 두고 보면 알게 되겠지.'

나쁜 영향이 있는 건 아니다. 앞으로 좀 더 지켜보면 뭔가 단서를 잡을 수 있을지 모른다.

상념을 떨쳐 낸 그는 이윽고 허리를 숙였다.

거품의 흔적이 남아 있는 자리. 그곳에 일곱 빛깔로 빛나는 물방울 하나가 눈에 띄었다.

그냥 별다를 것 없는 물방울이다.

하지만 정훈은 이 물방울 하나를 얻기 위해 전설 등급의 소비 물품, 그리고 하루의 시간을 할애해야만 했다.

물론 이졸데의 사랑이라는 묘약이 없었다면 꼬박 80일 동안 인어를 꼬이는 데 매달려야 했을 터였다.

최악의 과정을 손쉽게 끝낸 그가 인어의 물방울이라 불리는 것을 든 채 호숫가로 다가갔다.

참방.

발끝에 물이 닿자 물방울을 쥔 손에 힘을 주어 힘껏 내던졌다.

　바람의 저항이 있을 텐데도 곧게 뻗어 가던 물방울은 이내 힘을 잃은 채 호수로 떨어졌다.

　물방울과 호수가 만나는 바로 그 순간이었다.

　부글부글.

　닿은 곳이 부글대기 시작하더니 이내 호수 전체로 번졌다. 마치 물이 끓는 듯했다.

　이 놀라운 변화에도 정훈은 아랑곳하지 않았다. 부글대는 호수에 발을 담근 채 전면만을 응시하고 있었다.

　약 3분 동안 부글대던 호수에 변화가 찾아왔다.

　챠아악.

　호수 중앙의 물줄기가 솟구쳤다. 인어 때와는 비교할 수 없는, 마치 폭발이 일어난 것처럼 엄청난 물줄기였다.

　"왔군."

　그 광경을 바라보던 정훈이 중얼거렸다.

　요란하게 토해 내던 물줄기 사이로 거대한 존재가 모습을 드러냈다.

　머리에는 금빛 찬란한 세모꼴의 왕관.

　나이를 짐작하게 하는 백발에 목 언저리까지 내려오는 하얀 수염이 바람에 휘날렸다.

　균형 잡힌 근육으로 이루어진 상반신, 그리고 하반신은 비늘로 덮여 있다.

전형적인 남자 인어의 외형. 단지 일반적인 인어와 다른 점이라면 족히 수백 배는 되어 보이는 크기였다.

전설에나 나오는 거인과도 비견할 만했다.

"트리톤!"

호수의 왕 트리톤. 그가 손꼽아 기다리던 굉장한 보상의 등장이었다.

—누구냐, 누가 감히 내 사랑하는 딸을!

분노한 트리톤의 음성이 호숫가에 메아리쳤다.

정훈의 손에 죽음을 맞이한 인어. 그녀는 트리톤의 막내딸이었다.

자식의 죽음에 어느 부모가 분노하지 않을까.

"미안. 내가 그랬어."

정훈이 손을 들며 순순히 인정했다.

—네놈이……!

당당한 그 태도에 불같은 분노를 내뿜었다.

"그래도 걱정하진 마. 너도 같이 보내 줄 테니."

말을 끝맺음과 동시에 신궁 예를 꺼냈다.

평범한 나무 곡궁. 하지만 이 활은 태양을 떨어뜨릴 정도로 강력한 힘을 지니고 있다.

화살이 없음에도 시위를 당겼다.

고오오.

바람의 움직임이 눈에 보이는 듯했다.

이 흐름은 활 끝에 모여들기 시작하더니 곧 투명한 바람의 화살을 만들어 냈다.

"하늘의 태양이 떨어진다!"

신궁 예의 격이 발동했다.

시위를 떠난 바람의 화살은 점차 주변 대기를 흡수하면서 크기를 불려 갔다.

처음엔 이쑤시개에 불과했으나 지척에 다다랐을 땐 트리 톤의 거대한 위용을 압도할 만큼 커져 있었다.

-허업!

크기를 불린 바람의 화살에 놀란 트리톤이 손에 쥔 트라이 던트를 뻗었다.

푸른 기운이 모여들면서 주변의 물을 끌어들였다.

정말 눈 깜짝할 사이 모여든 호수의 물이 수룡의 형상으로 변해 바람의 화살과 충돌했다.

콰콰쾅.

강력한 두 기운이 만나 엄청난 폭발을 일으켰다.

승자는 정훈. 수없이 많은 물방울이 되어 사라진 수룡 사 이를 바람의 화살이 관통했다.

-크악!

마지막 순간 몸을 틀어 빗겨 맞긴 했지만, 오른쪽 옆구리 에 관통상을 입었다.

뼈가 드러날 정도의 상처였다.

옆구리에서 빠져나온 트리톤의 피로 호수가 붉게 물들기 시작했다.

'역시 한 방으론 무린가.'

정훈이 아쉬움을 삼켰다.

이제 1막이다. 고작 1막의 보스 따위가 유물의 격을 견디다니. 그것도 치명상이 아닌 얕은 관통상 정도.

'하긴 그리 쉽진 않겠지.'

메인 시나리오의 최종 보스를 제외하곤 가장 강력한 적이 트리톤이다. 아니, 사실상 잡아야 할 몬스터가 아닌 NPC로 분류되는 논외의 존재인 것이다.

1막에 불과하지만, 입문자가 상대할 만한 적은 아니었다.

격을 사용해 효용이 다한 예를 넣어 두고 불꽃으로 타오르는 검을 꺼냈다.

치이익.

열기에 반응한 호수가 급격히 증발되고 있었다.

ㅡ그, 그건 수르트의 검?

모처럼 느껴 보는 고통에 분노하던 트리톤. 하지만 지금 그의 정신은 온통 정훈이 꺼내 든 수르트의 검에 가 있었다.

ㅡ하찮은 인간 따위가 어찌 그것을……?

이 세계의 거인들은 크게 세 부류로 나뉜다.

바다의 일족.

화염의 일족.

산악의 일족.

이중 트리톤은 바다의 일족에 속하는 이로, 일족의 수장인 포세이돈의 여러 아들 중 하나였다.

당연히 화염의 일족 수장인 수르트와 그의 사나운 검에 대해선 귀가 따갑도록 들어 알고 있었다.

이해할 수 없었다. 아니, 이해하지 않으려 했다.

도대체 어떻게 하찮은 인간 나부랭이가 화염 일족 수장의 검을 소지하고 있단 말인가.

"어차피 죽을 몸. 알아서 뭐 하게?"

전투를 오래 끌 생각은 없다.

수르트의 검과 함께 불꽃 모양을 형상화한 붉은 전신 갑옷을 착용했다.

화룡인. 갑옷, 장갑, 투구로 이루어진 유일 등급의 세트 아이템으로 화염 속성의 위력을 극대화하고, 물 속성 저항력을 상승시킨다.

화르륵.

화룡인을 착용하자 수르트의 검에서 나오는 불길이 더욱 거세어졌다.

비록 상극의 무기를 들고 있다지만, 전장은 호수. 그것도 호수 중앙의 트리톤과 맞서기가 불리한 건 당연한 사실이었다.

그럼에도 정훈은 전혀 신경 쓰지 않았다.

그에게는 차고도 넘칠 정도로 많은 아이템이 있었으니까.

붉은 갑옷과 어울리지 않는 푸른색 가죽 부츠를 신었다.

소금쟁이 부츠. 물 위를 걷게 해 주는 유물 등급의 아이템이다.

그가 발을 떼자 인어가 그러했던 것처럼 물 위를 걸을 수 있었다.

한 발짝 걸음을 뗌과 동시에 물 위를 박차 쏘아진 화살처럼 매섭게 쇄도했다.

-네 녀석을 죽여 불의 검을 취하리라!

이미 딸의 죽음은 안중에도 없었다.

수르트의 검이 가진 가치를 누구보다 잘 알고 있는 트리톤이었다.

욕망 가득한 눈으로 정훈을 쫓으며 트라이던트를 휘둘렀다.

곧 정훈의 주변으로 물의 소용돌이가 생성되었다.

하늘을 뚫을 듯 치솟은 8개의 소용돌이는 그를 휩쓸어 버리기 위해 접근했다.

항거할 수 없는 자연재해 앞에 정훈은 검을 쥔 손에 힘을 주었다.

수르트의 검이 내뿜는 불꽃이 좀 더 강해졌다.

단지 불길이 거세어진 것뿐만 아니라 점차 길이를 늘이기 시작했다.

유물 등급 이상의 아이템이 지닌 특권은 격이 다가 아니다.

여러 부가적인 능력이 있는데, 그중 수르트의 검이 지닌 것은 일정 체력을 소모해 검의 길이를 늘이는 것이었다.

너비와 길이 모두 거대화되는 격의 하위 능력이라 할 수 있는 것.

5미터로 늘어난 검을 횡으로 휘둘렀다.

수르트의 검이 사납게 짓쳐들어오던 물의 소용돌이를 훑고 지나갔다.

촤악.

그러자 소용돌이가 반으로 갈라지는가 싶더니 이내 폭포수처럼 아래로 쏟아졌다.

-이런!

자연재해나 다름없는 자신의 능력을 소멸시켰다. 하지만 놀랄 새도 없었다.

어느새 접근한 정훈이 검을 찌르고 있었기 때문이다.

카, 캉.

눈 깜짝할 사이 두 번의 충돌이 있었다.

정면 찌르기와 종 베기가 트라이던트에 막혔다.

-크의!

상극인 화염의 검에 닿는 것만으로도 온몸이 화끈거렸다.

거기에 조금 전 바람의 화살에 관통된 상처가 점차 벌어지고 있었다.

-내가 인간 따위에게 당할 것 같으냐!

인간에 대한 경멸감을 지니고 있던 트리톤은 끝내 상대를 인정하지 않은 채 분노를 표출했다.

그의 분노는 거대한 물방울이 되어 반원 형태로 퍼져 나갔다.

보호막인가.

이에 정훈이 검을 휘둘렀지만…….

카칵.

흠집조차 낼 수 없었다.

'무적기인가?'

가끔 보스 중에는 어떤 공격도 통하지 않는 특수한 기술을 사용하는 경우가 있다.

트리톤도 그러할 것이다.

그리 생각한 정훈은 체력 소모가 심한 능력을 거둔 채 뒤로 물러났다.

─바다의 분노를 느껴 보아라!

물러나는 정훈을 보며 일갈했다.

하늘을 향해 뻗은 트라이던트에서 시리도록 푸른빛이 발산되었다.

그 순간 잔잔하던 호수가 지진이 일어난 것처럼 요동치기 시작했다.

진동은 파도를 만들었고, 파도는 점차 거대해져 해일이 되었다.

호수 전체를 아우르는 거대한 해일은 트리톤이 발휘할 수 있는 가장 강력한 능력이었다.

'후. 아껴 보려고 했더니 쉽진 않네.'

내심 격을 아껴 실력만으로 꺾어 보고 싶었다.

하지만 해일은 지금 그의 능력만으론 감당하기 힘들다.

물론 한 번쯤 부딪쳐도 될 것 같았지만, 자만과 과신은 금물이다.

"타올라라, 모든 게 멸망에 이르러 파괴될 때까지."

불타오르는 검이 적색에서 백색, 백색에서 청색으로 옷을 바꿔 입었다.

그 뜨거운 열기에 호수는 증발하고 숲의 나무가 불타올랐다.

주변 공기를 빨아들이며 몸집을 불렸다.

처음 격을 사용했을 땐 10미터까지 늘어났지만, 이번에는 거기서 멈추지 않았다.

처음과 달리 능력치가 모두 경의 극에 다다른 탓이었다.

10미터, 20미터, 50미터에 이르는 거대한 불꽃의 검이 생성되었다.

2미터도 되지 않는 체구의 정훈이 들기엔 벅차 보였다.

하지만 그는 용케도 양손으로 지탱하며 검을 들어 올렸다.

ㅡ아아!

승리를 의심하지 않던 트리톤이 넋 나간 표정으로 그 광경을 바라봤다.

거대한 해일이 기세등등하게 전진하고 있었지만, 어쩐지 소용이 없을 것만 같았다.

그리고 이런 그의 예감은 적중했다.

수직으로 떨어진 수르트의 검.

―…….

그와 동시에 정적이 찾아왔다.

뭔가 대단한 변화가 있을 거라 예상했지만, 그렇지 않았다.

다만 사나운 기세의 해일이 그대로 증발했다는 것과…….

푸확!

트리톤의 육신이 반으로 갈라지며 쓰러졌다는 것뿐이었다.

정확히 반으로 쪼개진 그의 육신은 열기를 견디지 못한 채 검은 재가 되어 바람에 휘날렸다.

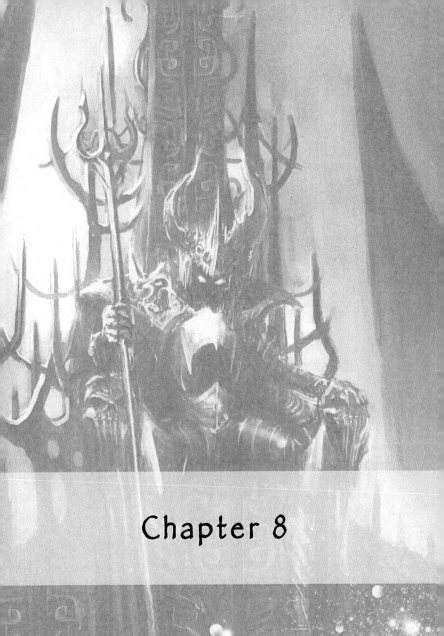

Chapter 8

-호수의 왕 트리톤 처치. '언령 : 호수의 왕' 각인.

과연 최강으로 꼽히는 적. 그간 얻지 못했던 언령을 획득
할 수 있었다.

언령 : 호수의 왕
획득 경로 : 호수의 왕 트리톤 처치
각인 능력 : 물의 영역에서 모든 능력치 +10, 수영 속도 25퍼센트 증가

능력치도 나쁘지 않다.
"후우."
참았던 숨을 내뱉었다.

수르트의 검을 사용하기 위해 무리하게 체력을 뽑아 썼더니 진이 빠졌다.

'힘 조절이 문제였어.'

조절하지 못한 채 과할 정도로 힘을 썼다.

만약 이게 대등한 상대와의 전투였다면 곤란해졌을지도 모른다.

'좀 더 세밀하고, 간결하게.'

아직은 배워 나가는 과정의 일환이다.

조금씩 나아지리라 믿어 의심치 않았다.

지친 몸을 추스르며 호수 위를 걸어갔다.

호수의 왕이 소멸하고 난 자리엔 아이템이 방울에 둘러싸인 채 떠 있었다.

'이 녀석을 잡는 날이 올 줄은 몰랐는데.'

트리톤의 존재를 알게 된 것은 호수의 전설이라는 고서적을 통해서였다.

전설처럼 써 내려간 이야기에는 여러 잡설과 함께 트리톤을 소환할 방법이 상세하게 기록되어 있었다.

막상 방법은 알았으나 소환에 성공한 적은 한 번도 없었다.

'아이템이 없었다면 이번에도 불가능했겠지.'

마녀의 단도가 없었다면 시도조차 하지 못했을 일이었다.

살짝 휘어진 그의 두 눈이 아이템을 훑었다.

가장 먼저 눈에 띈 것은 트리톤이 사용하던 황금 트라이던트였다.

소유한 적 없는 아이템이지만 서적에는 트리톤이 지닌 황
금 트라이던트에 관한 내용이 자주 언급됐었다.

유물급의 물 속성 무기. 공격보단 방어적인 능력이 뛰어
나다.

아이템 중에 버릴 건 없다는 게 평소 그의 지론이다.

당장은 쓸모가 없더라도 후에 화염 속성 적을 상대할 때가
되면 유용하게 쓰일 것이다.

황금 트라이던트와 함께 민첩의 씨앗, 물 속성을 1퍼센트
상승시켜 주는 사파이어 결정, 그리고 각종 재료를 얻을 수
있었다.

현재 정훈에겐 딱히 대박이라 할 만한 건 없었다. 마지막
하나를 제외하면.

'소라고둥 나팔!'

마지막 남은 아이템을 확인한 정훈은 기쁨을 감추지 못
했다.

그의 손에는 특색이라곤 눈을 씻고 찾아볼 수 없는 그냥
소라고둥이 쥐여 있었다.

평범한 소라고둥이 아니다.

이 보잘것없는 것을 얻기 위해 트리톤을 쓰러뜨렸다고 해
도 과언이 아니었다.

길게 휘어진 나팔의 입구에 입을 대고 불어 보았다.

뿌웅!

멀리 울려 퍼지는 아련한 나팔 소리. 그리고 작은 변화가 일어났다.

소라고둥에서 나온 얇은 물줄기가 그의 주위를 감싸기 시작하더니 이내 둥근 막을 만들었다.

'역시 된다!'

서적에 적힌 대로였다.

정훈의 주위를 감싼 막은 관상용이 아니었다.

이 물방울 안에 있는 동안은 인간이 물속에서 받는 페널티가 없어진다.

물속에서도 육지처럼 아무런 저항 없이 움직일 수 있고, 심지어 숨 쉬는 것도 가능하다.

육지 생물의 가장 큰 단점 중 하나인 수중을 마음껏 활보할 수 있다는 뜻이다.

수중 활보의 가장 큰 장점은…….

'심해를 갈 수 있다.'

소라고둥 나팔과 함께라면 그간 갈 수 없었던 심해의 영역에도 발을 디딜 수 있다.

온갖 보물과 강력한 괴물이 활보하는 미지의 영역.

이 제한된 영역이 탐험할 수 있다는 건 그만큼 성장할 기회가 생김을 의미한다.

'이곳도 마찬가지.'

그의 시선이 호수로 향한다.

언뜻 얕아 보이는 호수.

하지만 보이는 것만이 전부가 아니다. 호수 아래는 깊고도 깊다.

그리고 그곳엔 정훈이 경험하지 못한 세계가 펼쳐져 있다. 소환으로만 볼 수 있었던 심해의 마녀, 혹은 트리톤의 궁전 같은 것.

'내가 성장할 수 있는 유일한 곳.'

경에 접어든 정훈의 능력치를 올릴 수 있는 유일한 지역이기도 했다. 게다가 이미 소라고둥 나팔의 보호를 받고 있으니 무엇을 망설이겠는가.

첨벙.

정훈의 육신이 호수 아래, 깊숙한 곳으로 가라앉고 있었다.

소라고둥 나팔을 얻었다.

닷새간 잠도 청하지 않은 정훈은 호수 깊숙한 곳에 잠든 미지의 영역을 개척하는 데 집중했다.

물론 많은 성과가 있었다.

호수의 마녀와 트리톤의 궁전에 있는 인어들을 학살했다.

다량의 사파이어 파편을 얻어 물 속성 저항력을 소폭 상승

시켰고, 호수에 잠든 칼 등의 예상치 못한 전리품도 획득할
수 있었다.

그뿐만이 아니라, 호수 깊숙한 곳을 정벌한 후 사흘간 생
산 기술을 올리는 데 주력했다.

부지런히 움직인 그의 숙련도는 다음과 같았다.

한정훈

근력(輕) : 294.7   **강인함(輕) :** 321.3
순발력(强) : 392.8   **마력(輕) :** 302.8
*언령
1등 사냥꾼(모든 능력치 +1)
운수 대통(주사위 더블 확률 +31퍼센트)
첫발을 내디딘 영웅(모든 능력치 +10)
시련을 이겨 낸 자(모든 능력치 +10퍼센트)
천상천하유아독존(모든 능력치 +10퍼센트, 모든 저항 +10퍼센트)
호수의 새로운 왕(물의 영역에서 모든 능력치 +10, 수영속도 +25퍼센트)
*스킬
불굴의 정신(패시브)
*숙련도
창 : Lv. 2(4퍼센트)   **검 :** Lv. 3(13퍼센트)
활 : Lv. 1(73퍼센트)   **망치 :** Lv. 1(21퍼센트)
*속성
화염 : 13.1퍼센트   **물 :** 15.7퍼센트
땅 : 10.7퍼센트
*생산
숙련 채광꾼 : 1.3퍼센트   **숙련 대장장이 :** 0.9퍼센트
수습 채집꾼 : 53퍼센트   **수습 도축가 :** 66퍼센트
숙련 요리사 : 3.5퍼센트   **수습 연금술사 :** 14퍼센트

강력한 심해의 괴물은 철과 강철 주사위를 드롭했고, 그간 정체되어 있었던 정훈의 능력치를 성장시켰다.

가장 크나큰 발전을 한 건 역시 순발력. 경에서 강으로 성장해 예전보다 더욱 빠른 기동성을 갖추게 되었다.

숙련도도 전반적으로 발전, 50퍼센트의 보너스를 받은 요리는 숙련의 경지에 이르렀다.

'이젠 더 할 게 없다.'

마을에 온 지 어느덧 99일. 이제 100일까진 불과 5분밖에 남지 않았다.

지금 그는 마을 어귀로 접어들고 있었다.

"어? 그 사람이다!"

정훈을 알아본 이들이 수군거렸다.

평소보다 훨씬 많은 입문자가 어슬렁거리고 있었던 탓에 온통 그의 이야기로 시끄러웠다.

항간에 정훈은 유명 인사였다.

갑자기 종적을 감춘 대장장이에 관한 많은 소문이 퍼져 있는 상태였다.

입문자가 아닌 이계의 주민이다.

우매한 우리를 이끌어 줄 구세주다.

이계로 우릴 끌고 온 사악한 자다.

신빙성은 없으나 셀 수도 없이 많은 소문의 주인공이 나타났으니 자연히 이목이 쏠릴 수밖에 없었다.

'이놈들은 여기에서도 입을 놀리고 있네.'

어디건 함부로 입을 놀리는 이들이 있기 마련이고, 우매한 대중은 이에 휩쓸린다.

익숙한 현상이다.

따가운 시선을 뒤로한 채 그저 갈 길을 갈 뿐이었다.

목적지가 따로 있는 건 아니다.

그는 한 사람을 기다리고 있었다.

마침 저 멀리 다가오는 이가 보였다.

기다리고 있었다는 듯 다가오는 사내는 다름 아닌 준형이었다.

여전히 양쪽에 수족인 두 사람, 제만과 대영을 대동한 채였다.

덤덤한 정훈의 시선이 준형의 가슴팍에 머물렀다.

오른쪽 가슴 부근, 그곳엔 두 개의 원이 겹쳐진 문양이 새겨져 있었다.

많이 본 문양이다. 그도 그럴 게 지금 마을에 있는 거의 모든 입문자가 이 문양을 달고 있었다.

'접수한 건가?'

어느 정돈 예측하고 있었다.

희귀 등급의 무구 세트를 받은 준형은 그간 감춰 두었던 길드의 전력을 꺼내 들었고, 당연히 기존 권력의 중심에 있었던 에이스와 충돌하게 되었다.

빈번한 충돌은 결국 전쟁으로 번졌고, 모두의 예상과는 달리 협력 길드의 압도적인 승리로 끝을 맺었다.

협력은 알려진 것과 다르게 숫자만 많은 길드가 아니었다.

양적, 질적, 심지어 정신 무장 상태에서도 에이스를 압도했다.

고작 닷새. 협력 길드가 입문자 유일의 길드로 모든 세력을 휘하에 복속시킨 기간이었다.

"어서 오십시오. 기다리고 있었습니다."

마주 오던 준형이 공손히 고개를 숙였다.

"어?"

"길드장님!"

그 모습에 경악하는 이들이 많았다.

준형이 누구인가. 현재 권력의 최고 정점에 선 인물이었다.

물론 본인은 사람 사이에 계급은 없다고 말하는 듯했지만, 그건 겸양일 뿐. 특히 에이스 정예와의 10 : 1 대결에서 승리한 이후 그를 인정하지 않는 사람은 없었다.

모두의 인정을 받으며 최고의 자리에 우뚝 선 사람.

그런 대단한 이가 허릴 숙이다니, 의문이 이는 건 당연했다.

"지시한 건?"

건성으로 인사를 받은 정훈이 물었다.

"전부 마을에 모였습니다."

"그래. 잘했어."

이곳에 오기 전 흰 올빼미 편지로 준형에게 한 가지 지시를 내렸었다.

모든 입문자를 마을 안으로 모이게 할 것. 통제 불가능한 몇몇 경우는 제외한 전부를 말이다.

"이제 이유를 가르쳐 주시겠습니까?"

상호 거래 관계에 있다지만, 우위에 선 이가 정훈이라는 건 명백했다. 해서 모이라는 명령에 모두를 집합시켰지만, 아직도 그 이유를 알지 못했다.

편지에는 달랑 그렇게 하라는 내용만 있었다.

"살려 주려고."

의미심장한 그 말과 함께.

–퀘스트 발생.

정확히 자정이 되었을 때였다.

입문자 코스 이후로 한 번도 나타난 적 없는 알림음이 모두의 뇌리로 파고들었다.

"퀘스트?"

놀란 사람들이 부랴부랴 그 내용을 확인했다.

퀘스트 : 생존
내용 : 하루가 지나가기 전까지 생존하기

"생존이라니 이게 무슨……."

무엇으로부터 어떻게 생존하라는 것인지 아무런 언급이 없다.

이 의문을 해결해 줄 수 있는 건 정훈뿐이었다.

"……."

대답을 바라는 눈빛으로 바라봤지만, 답은 없었다.

입을 꾹 다문 그는 마을의 남쪽 입구만을 바라보고 있었다.

―늑대가 나타났어요.

속삭이듯 아련한 음성이 들려왔다.

처음엔 이 소리에 귀를 기울였으나 그것도 잠시였다.

"저게 뭐야?"

놀란 사람들이 웅성거렸다.

모두의 시선이 향한 곳은 마을의 남쪽.

숲이 시작되는 먼 지점에서부터 검은 안개와 같은 게 마을 쪽으로 다가오고 있었다.

언뜻 보기에도 불길한 그건 빠른 속도로 영역을 확장하고 있었다.

쾅!

마을 곳곳의 문이 닫혔다.

입문자를 제외한 모든 주민이 집 안으로 들어가 문을 잠그고 있었다.

"이게 무슨 일입니까?"

돌아가는 상황이 심상치 않다는 것을 느낀 준형이 물었다.

말없이 남쪽을 응시하던 정훈이 입을 열었다.

"지금부터 내 말 허투루 듣지 마."

진지한 그 말에 준형이 고갤 끄덕였다.

"절대 마을 밖으로 벗어나지 마. 혹 죽고 싶은 게 소원이라면 말리진 않을 텐데, 살고 싶다면 마을 안에 처박혀 있는 게 좋을 거야."

평소와 같이 무덤덤하지만, 말에 힘이 실려 있다.

"저것 때문입니까?"

마을을 향해 다가오는 검은 안개를 가리켰다.

"그래."

"저게 대체 뭐기에 그러시는지……."

"사신."

모든 게 단답형. 자세한 정보는 모두 생략되었다. 답답할 만도 하건만 준형은 보채지 않았다.

'허튼소리를 할 사람은 아니다.'

완전히 믿을 만한 사람은 아니다. 하지만 허튼소리로 혼란을 일으킬 사람도 아니었다.

"언제까지 마을에 있어야 합니까?"

"퀘스트가 끝날 때까지."

"알겠습니다."

어떠한 토도 달지 않았다.

다만 제만과 대영을 차례로 응시했다.

"현 시간부로 명령을 하달합니다. 지금부터 내일 자정이 올 때까지 그 누구도 마을 밖의 출입을 금합니다. 이를 어길 시 길드에서 축출할 테니 반드시 지켜 주시길 당부드립니다."

"전달하도록 하겠습니다."

두 사람 모두 불만이 가득했다.

하지만 명령이 떨어졌으니 따라야만 한다.

이내 지시를 내리기 위해 부지런히 움직였다.

시야에서 멀어지는 두 사람을 바라보던 정훈이 몸을 돌렸다.

목표는 남쪽 입구.

"괜찮으면 저도 동행하겠습니다."

은근슬쩍 옆에 나란히 섰다.

꽤 자신감이 붙은 그 말에 정훈은 고개를 저었다.

"나가면 넌 죽어."

지금 상대하려는 적은 적어도 입문자들에겐 대적 상대가 아닌 피해야 하는 존재였다.

"그 정도로 강합니까?"

"굳이 막진 않을게. 죽는 게 소원이라는 데 붙잡아 둘 이유는 없으니까."

막진 않는다고 했지만, 꽤 만류한 셈이다.

그에게 있어서 준형은 그래도 쓸 만한 패였다.

확실히 못을 박는 그 말에 준형은 자리를 지켰다.

점차 멀어지는 정훈을 그대로 바라만 봐야 했다.

"정말 이대로 괜찮겠습니까?"

길드원들에게 명령을 하달한 대영이 다가왔다.

"저자는 신용할 수 없습니다."

제만도 거들었다. 내심 불만이 가득했다.

자신이 모시는 이가 계속 숙이고 들어가니 답답할 수밖에.

왜 이토록 굽실거려야 하나.

물론 원조를 받고 있는 건 사실이다.

하지만 그건 서로의 거래를 위한 일종의 보상이었다.

거래란 동등한 관계에서 행해지는 것. 끌려다녀야 할 이유는 없다.

"신용할 수 없어도, 설혹 우리에게 불리하더라도 따를 수밖에 없습니다."

"왜입니까?"

"마음만 먹으면 이곳의 모두를 죽일 힘이 있기 때문입니다."

강해지면 강해질수록 감춰진 정훈의 힘을 느낄 수 있었다.

'그게 전부는 아닐 테지.'

더 두려운 건 지금 느끼고 있는 게 전부가 아니라는 점. 상상도 할 수 없는 힘을 숨기고 있음이 틀림없다.

'자신을 너무 낮추신다.'

하지만 제만은 그리 생각하지 않았다.

실력과 인격 그리고 무리를 휘어잡는 지도력까지 무엇 하나 모자랄 것 없는 준형의 유일한 단점이라면, 바닥을 치는 자존감이었다.

'평소엔 그러지 않는데 유독 저자 앞에서만······.'

평상시에는 늘 자신감 넘치는데 유독 정훈이라는 자 앞에서만은 예외가 없다.

아무리 강하다 한들 혼자가 아닌가.

길드 전체를 상대로는 이길 수 없을 터.

세력을 믿고 조금은 세게 나가도 될 듯한데 항상 소극적인 모습으로 일관하고 있으니 이를 지켜보는 입장에선 답답할 수밖에 없었다.

"일단은 지켜보도록 하지요. 차등 보상이라는 것도 그렇고, 추이를 지켜보다가 참전할지 아니면 기다려 볼지를 정해야 할 것 같습니다."

마찬가지로 불만이 많지만, 보다 신중한 대영은 일단은 지켜보자는 쪽으로 의견을 제시했다.

마냥 가만히 있기에는 퀘스트 보상이 마음에 걸렸다.

차등 보상. 활약에 따라 보상이 달라진다는 말인데.

'혼자서 독차지하려는 속셈일 수 있다.'

만약 보상을 독차지하려는 속셈이라면 상황을 지켜보다가 참전하는 것도 그리 나쁜 선택은 아닐 것이다.

"네. 일단은 상황을 지켜보도록 하죠."

어차피 설득하기엔 무리가 있다.

준형도 그들의 말에 동조하는 식으로 끝을 맺었다.

세 사람이 열띤 토론을 벌이고 있는 사이 정훈은 남문에 선 채로 검은 안개를 기다리고 있었다.

'분명히 말 안 듣는 새끼들이 나오겠지.'

추측이 아닌 확신이었다.

경고했음에도 마을 밖으로 나오는 멍청이들이 있을 것이다.

물론 그들에게 자비를 베풀 생각은 없다.

죽든지 말든지 상관하지 않을 것이다.

자신의 옆에 설 정예를 원하는 거지, 바보를 원하는 게 아니었으니까. 오히려 일찍 죽어 준다면 더할 나위 없다.

상념은 그것으로 끝.

다가올 적에 대비하기 위한 준비를 시작했다.

미리 봐 둔 아이템을 바라보는 그 순간 편한 여행 복장은 사라지고 휘황찬란한 갑옷이 대신했다.

전신을 가리는 흰색 철판 갑옷. 반짝이는 황금 십자 문양이 곳곳에 새겨져 있었는데, 그건 마치 고결한 성기사를 보는 듯했다.

이에 더해 오른손엔 은은한 백광이 흘러나오는 장검, 아슈켈론을 왼손에는 붉은 십자가 문양이 박힌 연 모양의 방패, 피의 십자 방패가 그를 지켰다.

모든 아이템이 갖춰지자 정훈의 온몸에서 환한 백광이 뿜어져 나와 사위를 밝혔다.

검과 방패, 그리고 갑옷에 이르기까지 모두가 하나의 세트로 묶인 유물 등급 아이템, '성 조지의 순교'가 지닌 효과였다.

"우와!"

"미친, 저런 건 어디서 얻는 거야?"

정훈의 변화에 놀란 사람들이 감탄을 자아냈다.

외형만 봐도 놀라운데 거기에 찬란한 후광 효과까지 더하니 그야말로 입이 쩍 벌어질 지경이었다.

"하여간 장비만 좋아서는."

제만 또한 질투심을 보였다.

그 모습에 준형이 피식 웃었다.

자존심이 강한 게 조금은 문제가 되지만 그것 또한 실력 향상엔 도움이 될 것이다.

그도 샘이 나는데 다른 이들은 오죽하겠는가.

'저런 장비를 얻으려면 대체 얼마나……'

다른 한편으론 미지의 힘을 엿보는 듯한 기분이었다.

외형이 화려하다는 것은 그만큼 무구의 성능이 뛰어남을 의미한다. 저토록 화려한 외형에 후광을 발산하는 무구를 얻으려면 얼마나 강력한 몬스터를 쓰러뜨려야 할까.

'괴물은 괴물이야.'

도대체 저런 괴물이 어디서 나타났는지가 궁금할 뿐이었다.

―늑대다. 늑대가 나타났다!

머릿속에 울리는 음성이 좀 더 뚜렷해졌으며, 검은 안개는 마을에 좀 더 접근했다.

"맙소사!"

그제야 사람들은 그것이 검은 안개가 아님을 알 수 있었다.

검은 안개의 정체는 생물체였다.

검은 털의 늑대. 엄청난 수의 늑대가 한 몸처럼 뭉쳐 다가오고 있었던 것이다.

수천 마리의 늑대가 무리를 지어 움직이는 그 광경은 너무도 기괴해 숨이 멎을 정도였다.

"늑대는 아주 좋은 단백질원이죠."

누군가에게 기괴한 광경도 정훈에겐 그저 경험치의 제물이 달려오는 것 이상이 아니었다.

입술을 슬쩍 핥은 그가 검을 들었다.

더욱 짙은 광채를 발하는 아슈켈론을 수평으로 세웠다.

어둠을 물리치듯 밝게 빛나던 광채가 정훈의 손끝에 모여들기 시작하더니 이내 발끝으로 이어졌다.

손끝의 광채는 검에 덧씌워져 빛의 창을, 발끝의 광채는 빛의 군마가 되었다.

"사악한 무리에게 신의 철퇴를!"

히히힝!

빛으로 만들어진 말이 울 턱이 없다.

하지만 군마의 힘찬 발길질과 함께 말의 울음소리가 들리는 듯했다.

빛의 군마와 함께 한 줄기 빛이 된 그는 늑대 무리 사이로 돌진했다.

쿠콰콰!

대기를 찢어발기는 굉음과 함께 늑대 무리를 관통했다.

흑해가 갈라지듯 검은 늑대 무리가 반으로 갈라졌다.

깨갱!

켕!

여기저기서 앓는 소리가 터져 나왔다.

수십 미터를 전진한 그 한 번의 돌진으로 수백의 늑대가 나자빠졌다.

후두둑.

떨어진 전리품이 바닥을 장식했다.

하지만 이를 획득할 여유는 없었다.

현재는 적진에 뛰어든 상황이었다. 손을 멈출 순 없었다.

슈칵!

백색 섬광이 종횡무진으로 날뛰며 늑대를 베었다.

영민한 늑대들이 어떻게든 피해 보려고 발버둥 쳤지만, 뱀처럼 휘어져 오는 아슈켈론을 피할 방도는 없었다.

수천의 늑대에 둘러싸인 불리한 형국임에도 전혀 그런 느낌이 들지 않았다.

오히려 양 떼 속에 뛰어든 호랑이처럼 맹수들을 학살했다.

"뭐야, 별거 아닌 것 같은데?"

"저 정도면 할 만하지."

"쩝, 이러다가 보상 다 뺏기는 거 아냐?"

정훈의 활약을 지켜보던 사람들은 조금씩 불안함을 느꼈다.

이번 퀘스트는 활약에 따른 차등 보상이다.

그런데 저기 앞서 나간 정훈이 혼자 날뛰고 있지 않은가.

하지만 함부로 움직일 수도 없었다.

길드장 준형의 명령을 떠올린 것이다.

"참전하는 게 좋지 않겠습니까?"

추이를 지켜보자던 대영이 말했다.

그가 보기에도 늑대들이 그리 강해 보이진 않았다.

한편으론 정훈이 강하다는 생각도 들긴 했지만, 저렇게 손쉽게 해치울 정도면 충분히 해 볼 만하다는 판단이었다.

"진형만 제대로 갖춘다면 충분한 듯 보입니다."

제만 또한 같은 생각이었다.

늑대 무리의 수가 많은 건 사실이지만, 어차피 미물이다.

진형만 제대로 갖추고 상대한다면 피해는 전무할 것이다.

"음."

두 사람의 조언에도 준형은 쉽사리 결정을 내리지 못했다.

늑대가 강해 보이지 않는 건 사실이었다.

하지만 만약 늑대가 약한 게 아니라 정훈이 상상을 초월할 정도로 강한 거라면……

'심각한 피해를 받을 수도 있다.'

조금 전 정훈의 경고도 마음에 걸렸다.

선뜻 결정을 내리지 못한 채 시간이 흐르고 있을 때였다.

"어어?"

작은 웅성거림과 함께 마을 밖을 나서는 무리가 있었다.

"저들은?"

입문자들 사이에서 유명한 이들이었다.

항상 일곱 명이 같이 붙어 다니는 무리로, 하나하나가 대단한 실력을 지녔다.

준형과도 인연이 있었다.

처음 본 건 동쪽 절망의 신전에서였다.

그보다 더 일찍 신전에서 힘을 얻어 강해진 그들과 만났었다.

별다른 충돌은 없었다.

이후 신전의 비밀을 깨달은 준형은 그들을 길드로 영입하기 위해 찾아 나섰지만, 종적이 묘연해 결국 뜻을 이루지 못했었다.

'처음 봤을 때가 50일 전이었나?'

하루하루가 성장이 다른 지금 얼마나 강해졌을지 짐작이 가지 않을 정도였다.

'저들이라면 기준이 될 수 있겠어.'

그들의 등장이 달갑다.

저들이 늑대를 상대하는 것을 보면 어느 정도인지 짐작할 수 있을 테니까.

이런 준형의 뜻을 눈치챘는지 계속 참전을 촉구하던 제만과 대영도 그들을 주시하기 시작했다.

✦

'어딜 혼자 날뛰려고.'

마을 밖으로 뛰쳐나간 무리, 자칭 칠성의 리더인 준구.

그는 수천의 늑대 무리를 보고도 전혀 주눅이 들지 않았다. 왜?

실력에 자신이 있기 때문이다.

세간에는 협력 길드의 준형이라는 자를 최고로 꼽고 있는 것 같았지만.

'풋, 그놈은 애송이지.'

그는 안중에도 없었다.

솔직히 말해 같은 칠성 멤버가 아니면 비교할 가치조차도 없다.

그 정도의 자신감과 실력을 겸비하고 있었다고 생각했다.

'근데 저놈은 또 누구야?'

늑대 무리에서 성난 사자처럼 날뛰는 이.

본 적은 없지만, 소문은 많이 들었다.

입문자 무기를 쓸 만한 무구로 교환해 준 대장장이라고.

물론 그보다 더 좋은 무구를 지니고 있었던 그는 그 자리에 가지 않았다.

입문자 최초의 대장장이라는 것만 제외하면 그의 관심을 끌 만한 요소는 없었다.

바로 조금 전까지는 말이다.

지금껏 본 적 없는 화려한 무구와 간결한 움직임이다.

다른 사람은 몰라도 그는 정훈의 참모습을 어느 정도 파악할 수 있었다.

강자다. 어쩌면 현재 입문자 중 가장 강한 힘을 지니고 있을지도 모른다.

'그렇기에 더욱 나서야 한다.'

입문자 코스 이후 단 한 번도 나온 적 없는 퀘스트다.

여기서 활약하지 않으면 그 차이는 확연히 벌어지게 될 터였다.

동료들과 눈빛을 교환하며 순식간에 마을 밖으로 나왔다.

적의 수가 많은 게 조금 걸리긴 하지만, 욕심만 부리지 않는다면 큰 문제는 없을 것이다.

"준, 저기!"

동료가 가리킨 곳에는 무리에서 빠져나온 한 마리의 늑대가 비틀대고 있었다.

운 좋게 살아남았지만, 치명적인 상처를 입어 무리에서 혼자 이탈한 듯했다.

"가자!"

마침 좋은 먹잇감이 있다.

준구가 먼저 뛰어 나가자 나머지 동료들도 그의 뒤를 따랐다.

경쾌한 움직임으로 순식간에 늑대를 목전에 두었다.

스릉.

무기를 빼 들었다. 맑은 소리와 함께 감춰져 있던 검신이 드러났다.

날카롭게 벼려져 예기가 느껴지는 보검.

이는 얼마 전 혈랑이라는 상급의 몬스터를 처치하고 얻은 낭아狼牙라는 녀석이었다.

정훈의 아슈켈론에 비할 바는 아니지만, 현 입문자가 가진 무기 중에서는 독보적으로 뛰어난 검이다.

그의 검이 늑대의 벌린 아가리를 향해 찔러 들어갔다.

최소한의 움직임, 간결한 궤적. 나무랄 데 없는 공격이었고, 이 한 방에 늑대가 꿰뚫려 죽을 것이라 확신했다.

챠악!

피가 거죽을 뚫는 소리가 아니었다.

날카로운 것에 의해 살갗이 찢긴 소리.

의문 가득한 준구의 시선이 자신의 목으로 향했다.

뜯겨 나간 목덜미에서 다량의 피가 쏟아져 나오고 있었다.

"커, 커큭?"

성대마저 찢긴 탓에 말을 할 수 없었다. 바람 빠지는 소릴
내던 그의 육신이 지면으로 쓰러졌다.

"준!"

"까아악!"

놀란 동료들이 소리쳤다.

하지만 그들에게 죽은 동료의 넋을 기릴 시간 따윈 존재하
지 않았다.

검은 궤적이 움직였다.

조금 전까지 비틀대던 녀석이라고 생각할 수 없을 정도로
빨랐다.

"커흑!"

"이, 이런!"

그 움직임을 제대로 쫓을 수 없었다.

압도적인 속도의 차이였다.

결과는 허무했다.

현 입문자 중 최강이라 자랑하던 칠성은 치명상을 입은 늑대 한 마리를 당해 내지 못한 채 전멸하고 말았다.

검은 재앙은 그것으로 끝이 아니었다.

어느새 목표를 바꾼 늑대가 마을로 접근해 오고 있었다.

"제길!"

그 궤적을 쫓고 있던 준형이 움직였다.

그의 위치는 입구에서 가장 가까운 곳.

늦기 전에 검은 늑대의 진로를 가로막을 수 있었다.

선과도 같은 늑대의 궤적이 순간 흐릿해지며 사라졌다.

'빨라!'

어느새 다가온 녀석의 발톱이 옆구리 쪽을 노렸다.

카칵!

"크윽!"

쇠가 긁히는 소리와 함께 통증이 밀려왔다.

일격으로 갑옷이 깊게 팼다.

다행히 상처는 없는 듯했지만, 만약 이게 희귀 무구가 아니었다면…….

'이걸로 끝났겠지.'

등골이 오싹했다. 하지만 아직 안심하기엔 일렀다.

어느새 등 뒤로 돌아간 검은 늑대. 녀석의 숨결이 가까이 느껴졌다.

"헛?"

어느새 다가와 목덜미를 물어뜯으려 하고 있었다.

본능과도 같은 감각은 그를 앞으로 구르게 했다.

텁.

빠른 대응 덕분에 한 줌의 머리칼을 헌납하는 것으로 위기를 넘길 수 있었다.

"길드장님이 위험하다!"

준형의 위기에 제만이 뛰어왔다.

그만이 아니었다. 길드의 정예병이라 할 수 있는 수호단 10명이 늑대를 에워쌌다.

"괜찮으십니까?"

어느새 다가온 대영이 부축했다.

"괜찮습니다. 그보다……."

맞서지 말고 최대한 버텨야 한다는 말이 목에서 넘어오기 직전이었다.

"끄으악!"

연이어 비명이 터져 나왔다.

준형과 대영의 시선이 그곳에 닿았을 땐 이미 4명 길드원의 시체가 나뒹굴고 있었다.

"맙소사!"

그제야 늑대의 강함을 느낀 대영이 허탈한 한마디를 내뱉었다.

고작 1마리다. 그것도 상처 입은 늑대 1마리를 당해 내지 못하는 것이다.

"죽여, 녀석을 죽여!"

악에 받친 제만의 외침과 함께 마을 안에 있던 길드원들이 벌 떼처럼 달려들었다.

인간 1천 명과 늑대 1마리의 전투. 마을 밖과는 전혀 다른 광경이 펼쳐지고 있었다.

"아악!"

"사, 살려 줘!"

나타난 결과는 비슷했다.

하나에 불과한 늑대가 학살을 자행하는 중이었다.

늑대가 움직일 때면 어김없이 시체가 늘어났다.

그 압도적인 힘에 공포로 몸을 떨었지만, 그만큼 더 저항은 거세졌다.

이대로 녀석을 막지 못하면 마을 안 모두가 죽을 수도 있다는 위기감 때문이었다.

치열한 혈투가 이어졌다.

적은 하나. 아무리 강하다지만, 사상자가 늘어나는 만큼 늑대의 몸엔 크고 작은 상처들이 늘어나고 있었다.

상처가 늘어날수록 움직임이 눈에 띄게 둔해졌다. 대신 난폭함은 전과 비할 바가 아니었다.

애초에 치명적인 상처를 입어 생이 얼마 남지 않았던 터다.

마지막 불꽃을 태우듯 방어는 도외시한 채 날뛰기 시작

했다.

가속도가 붙은 듯 사상자의 수가 기하급수적으로 늘어났다.

컥!

마침내 준형의 검이 늑대의 아가리를 관통해 목 뒤쪽을 뚫고 나왔다.

경련이 일어난 것처럼 푸들푸들 떨어 대던 육신이 잦아 들었다.

그제야 사람들은 안도할 수 있었다. 마침내 이 검은 재앙에서 벗어나게 되었다고.

재앙을 막은 준형은 힘을 모두 소진한 듯 바닥에 털썩 주저앉았다.

거친 숨을 몰아쉬며 주위를 돌아보았다.

두려움 가득한 사람들의 시선, 그 너머에는 사람들의 시신이 있었다.

얼추 보는 것만 해도 수백 명. 고작 1마리의 늑대가 난입한 것으로 절반에 가까운 입문자가 사망한 것이다.

"씨발, 좆같아서 진짜. 이게 말이 되냐고!"

참혹한 현장에 서 있던 한 사람이 씹어뱉듯이 외쳤다.

고작 1마리를 상대하다가 수백 명이 당했다.

그런데 저기 마을 입구 어귀에선 수천 마리의 늑대를 장난감 가지고 놀듯이 학살하고 있는 이가 있다.

"도대체 저 사람은……."

얼마나 강하단 말인가. 새삼 떠오르는 사실에 모두 경악을 금치 못했다.

'백번 말해 봐야 한 번 경험한 걸 따라갈 순 없지.'

한창 늑대들과 싸우면서 정훈은 마을의 변고를 주시하고 있었다.

수백의 사상자가 생기는 것을 보고서도 방관했다.

도와줄 이유가 없다.

그는 분명히 경고했고, 지금 일어나는 모든 건 그들이 자초한 일이었으니까.

검은 늑대. 입문자들의 능력치로 보자면 경의 초입에 있는 굉장한 강력한 괴물이다.

한 가지 단점이자 특징이 있다면 가장 가까운 적만을 공격한다는 점이다.

이 때문에 마을 안을 지키고 있었다면 정훈 그 자신만 목표가 됐겠지만, 그들은 경고를 듣지 않았다.

다행하게도 상처 입은 1마리가 난입해서 그렇지, 2마리 이상이었다면 아마 전멸을 면치 못했으리라.

'뭐, 그래도 도와주진 않았겠지만.'

어떤 상황에서든 철저한 방관자로 남을 생각이었다.

준형이 조금 아깝긴 했지만, 그를 대신할 후보는 얼마든지 구할 수 있었으니 상관없었다.

물론 결과적으론 그는 살아남았으니 더할 나위 없었다.

'그러니까 앞으론 말 좀 잘 들으라고.'

되도록 사상자를 막고 싶다.

물론 그건 자신의 말을 잘 따를 때의 이야기였다.

컹!

마을에 난입한 늑대와는 비교할 수 없는 움직임으로 도약하는 늑대.

스컹.

너무도 간단히 목을 베어 버렸다.

피 분수가 잘린 목 언저리에서부터 뿜어져 나오며 지면에 쓰러졌다.

베고 또 벤다.

그에게 두 번째 공격은 없었다.

한 칼에 하나. 혹은 한 칼에 두셋씩 죽어 나갔다.

무아지경으로 늑대들을 베어 넘기자 어느새 그의 주변엔 몇 마리의 늑대만이 잔뜩 몸을 웅크리고 있었다.

"꺼져!"

마지막까지도 사정을 베풀지 않았다.

뱀처럼 휘어져 들어간 검의 궤적이 시시각각으로 변화하며 늑대의 목을 지면에 떨어뜨렸다.

'한동안 늑대 고기만 줄창 먹겠네.'

셀 수도 없이 많은 늑대 고기를 바라보던 정훈은 쓰게 웃었다.

획득 가능한 건 늑대 고기만이 아니었다.

검은 늑대가 드롭한 각종 전리품이 지천으로 깔렸다.

여러 생산 기술에 쓰이는 각종 재료와 철과 강철 주사위. 그리고 드문드문 보이는 무구까지.

"모든 게 나의 손에."

한동안 쓸 일이 없었던 렐레고의 부적을 발동해 주변에 있는 모든 아이템을 보관함에 넣었다.

잠깐 사이 지저분하던 장내가 깨끗하게 청소되었다. 물론 늑대가 흘린 피와 전투의 흔적은 고스란히 남아 있었지만.

'슬슬 나올 때가 됐을 텐데…….'

아이템마저 거둬들였으니 이제 남은 건 하나다.

그답지 않게 경계하며 주위를 살폈다.

지금부터는 그도 알 수 없는 영역이다. 언제 어디서 갑자기 튀어나올지 알 수 없었다.

"늑대가 나타났다."

뇌에 울리듯 머릿속에 전해지던 음성이 육성으로 들린다.

재빨리 시선을 소리의 근원지로 돌렸다.

그곳에 홀연히 나타난 한 사람. 그는 발끝까지 끌리는 검은 후드를 뒤집어쓰고 있었다.

'언제?'

어느새 나타났는지 정훈도 파악하지 못했다.

좀처럼 긴장하는 법이 없었던 그도 지금은 경계 가득한 눈빛으로 전방을 주시했다.

한 번도 상대해 본 적은 없지만, 한 가지는 단언할 수 있다, 현시점의 입문자들은 쓰러뜨리는 게 불가능한 괴물이라는 것을.

"양치기 소년."

제1막, 늑대와 양치기 소년의 실질적인 최종 보스다.

녀석이 등장하는 조건은 수천의 검은 늑대 무리를 처치하는 것.

정훈이 아니었다면 절대로 등장하지 않을 존재였다.

'녀석은 강의 초입.'

상대할 수 없는 괴물이라는 명성에 걸맞게 양치기 소년의 능력치는 강의 초입이다.

능력치의 총합만 보자면 정훈보다 훨씬 앞서 있다.

거기에 힘을 다루는 센스부터 많은 차이가 있을 터였다.

'부족한 차이는 아이템으로 메꾼다.'

이미 그에겐 성 조지의 순교라는 세트 아이템이 함께했다.

이것으로 같은 경의 능력치를 지닌 검은 늑대들을 무 썰 듯 썰어 버리지 않았던가.

같은 어둠 속성을 지닌 양치기 소년을 상대하는 덴 이만한 게 없다.

"늑대, 늑대가 나타났을 텐데."

계속 늑대가 나타났다고 외치던 양치기 소년은 의문에 찬

말과 함께 계속 주위를 두리번거렸다.

　무언가를 찾는 듯한 그 모습에 정훈도 선뜻 덤빌 생각을 하질 못한 채 상황을 주시했다.

　계속 돌아가던 양치기 소년의 고개가 정훈에게 고정되었다.

　그 순간 유령처럼 미끄러지며 천천히 다가왔다.

　꽈악.

　손아귀의 힘을 줘 아슈켈론을 단단하게 쥐었다.

　그에 반응하듯 찬란한 백광이 아슈켈론과 그의 몸 주위로 발산되기 시작했다.

　"당신이 늑대를 처치했나요?"

　한 발짝 물러난 곳에서 걸음을 멈춘 양치기 소년이 대뜸 물었다. 어디에도 공격할 의사는 없어 보였다.

　"그래. 내가 다 처리했지."

　"휴, 다행이에요. 늑대들이 혹 마을에 침입하면 어쩌나 걱정했는데."

　진심이 묻어나는 말이었다.

　'음? 내가 알던 것과는 다른데.'

　그가 알고 있는 전설엔 양치기 소년의 원한이 담겨 있었다.

　결코 마을 사람들의 안위를 걱정할 만한 관계가 아니었다.

　"늑대에게 편하게 죽을 순 없죠. 그들은 내 손으로 갈가리 찢어 죽여야 하니까요, 으ㅎㅎㅎ."

　걱정은 기우였다.

주민들의 안위를 걱정하는 게 아닌 늑대에게 당해 자신 복수를 하지 못할까 염려한 것이다.

"제 이야기를 들어 보시겠어요?"

이 처참한 자리에서 한가롭게 이야기라니.

"그러지."

물론 정훈도 상식을 벗어난 이였다. 괜한 거절로 관계를 나쁘게 할 생각이 없었다.

"평화로운 숲속에 양치기 소년이 살고 있었어요."

그로부터 이야기가 시작되었다.

매일 무료한 나날을 보내던 양치기 소년은 문득 좋은 장난거리가 생각났어요.

"늑대가 나타났어요. 늑대가 나타났어요!"

마을의 위협적인 존재, 늑대가 나타났다고 거짓을 말한 것이죠.

양치기 소년의 말에 빨래를 하던 아낙, 몰래 소변을 보던 청년, 빵을 굽던 아저씨 모두가 허겁지겁 도망쳤어요.

"아하하! 거짓말인데, 거짓말인데!"

도망치는 사람들을 보며 박장대소하는 양치기 소년이었어요.

이후로도 소년은 틈날 때마다 늑대가 나타났다며 거짓을 말했지요.

그때마다 매번 속아 넘어가던 주민들은 더는 양치기 소년의 말을 믿지 않게 되었어요.

그러던 어느 날.

"느, 늑대다! 늑대가 나타났다!"

양치기 소년이 다급하게 마을로 뛰어왔어요.

"이 녀석, 또 거짓말하는 거냐? 이젠 더 속지 않을 테니 돌아가거라."

"아니에요. 이번에는 진짜라고요. 진짜 늑대가 나타났다고요."

"어허, 이 녀석이 그래도. 계속 거짓말했다간 혼날 줄 알아!"

소년은 혼쭐을 내려는 듯 빗자루를 움켜쥔 어른들을 피해 도망쳐야 했답니다.

그리고 그날, 마을은 애지중지 키우던 양들을 모두 잃고 말았어요.

양치기 소년이 한 말은 거짓이 아니었던 거죠.

이야기가 여기서 끝났을 것 같죠? 아니에요. 아직 더 많은 이야기가 남아 있답니다.

"이, 이이익!"

마을의 유일한 재산이었던 양 떼를 잃은 주민들은 분노할 수밖에 없었어요.

"양치기 소년을 잡아라!"

"녀석이 우리 마을을 망하게 했다."

분노한 주민들은 양치기 소년을 찾아갔어요.

"네 이놈, 넌 늑대를 감시하는 임무를 소홀히 했다. 그것도 모자라 평소엔 거짓말까지. 죽음으로 네 죄를 갚도록 해라."

주민들은 양치기 소년을 꽁꽁 묶은 채 늑대들이 사는 숲에 던져 놓았어요.

주민들이 떠나고 난 뒤……

크르릉.

늑대의 낮은 울음소리가 들리는 것이었어요.

"살려 줘, 제발 살려 줘. 난 아무 잘못 없어. 그저 장난 좀 쳤을 뿐이란 말이야!"

하지만 늑대들에게 애원해 봐야 아무런 소용이 없는 일이었어요.

결국, 양치기 소년은 늑대들에게 물려 죽고 말았……을 거라 생각했나요? 아니에요. 양치기 소년은 죽지 않았어요.

절망과 원한, 증오로 점철된 소년은 신비로운 존재의 힘을 통해 다시금 부활하게 된 것이었어요.

소년의 목표는 오직 하나. 자신을 죽음으로 내몬 주민들에게 가장 큰 고통과 절망을 안겨 주는 것이었답니다.

양치기 소년의 이야기는 그것으로 끝이었다.

정훈도 익히 아는 이야기였다. 세부적인 내용은 좀 달랐지만, 전체적인 흐름은 똑같았다.

"제가 그들에게 복수할 수 있도록 도와주세요."

안면이 있는 것도 아니고 도와줘야 할 이유는 없었다.

"어떻게 도와주면 될까?"

하지만 자신이 원하는 것을 얻기 위해선 양치기 소년을 돕는 길밖엔 없었다.

"제게 하나의 물건을 가져다주세요. 그것만 있으면 이 저주받은 속박에서 벗어나 마을에 들어갈 수 있거든요."

양치기 소년은 마을에 진입할 수 없는 속박의 저주에 걸려 있었다.

자력으로 들어갈 수 있었다면 진즉 주민들을 몰살시켰을 것이다.

하지만 저주가 워낙 강력했던 탓에 지금껏 주위를 배회하며 늑대들의 출현을 알리고 있었다.

그들을 위하는 것이 아닌 자신의 손으로 복수를 마무리하기 위해서.

"그 물건은……."

"받아."

말이 끝나기도 전이었다.

정훈이 내민 것은 검은 기운이 넘실대는 구슬, 1천 개의 입문자 무기와 맞바꾼 원옥의 정수였다.

"이, 이걸 어디서……."

놀란 양치기 소년이 음성은 심하게 떨리고 있었다.

"주웠어."

구구절절이 설명할 필욘 없었다.

소년도 세세한 부분을 원한 건 아니었다.

다만 너무 뜻밖이었기에 반사적으로 물었던 것에 불과했다.

"드디어, 드디어 속박의 저주에서 벗어날 수 있다!"

부활과 함께 강력한 힘을 손에 넣었지만, 그 대가로 받은 금제로 복수를 이룰 수 없었다.

하지만 이제 원옥의 정수를 얻었으니 자신을 옭아매던 속박을 벗어날 수 있게 되었다.

환희에 찬 소년은 손에 쥔 원옥의 정수를 곧장 입안에 넣었다.

꿀꺽.

크기가 상당했음에도 큰 저항 없이 목구멍을 넘어갔다.

"크으아아아악!"

괴성을 지른 양치기 소년이 자신의 얼굴을 감싸 쥐었다.

무언가 대단히 고통스러운 듯 무릎을 꿇은 채 연신 신음을 흘렸다.

뿌득, 뿌드득.

양치기 소년의 육신에 변화가 일어났다.

왜소했던 몸이 풍선이 부풀듯 불어났다.

찌익!

늘어난 부피를 감당하지 못한 후드가 찢겨 나갔고, 감춰져 있었던 외형이 드러났다.

인간이 아니었다.

3미터가 넘는 거대한 덩치, 거기에 온몸을 덮은 은색 털. 그것은 경계선에서 보았던 라이칸스로프과 흡사했다.

다만 자연스럽게 뿜어져 나오는 기세와 같은 게 비할 바가 아니었다.

서 있는 것만으로도 주변의 모든 걸 짓눌렀다.

"후욱, 후우욱!"

콧김을 거칠게 내뿜던 양치기 소년이 질주했다.

목표는 마을. 집에 숨어든 주민들이었다.

"이봐, 주민 외에는 건드리진 마."

멀어져 가는 양치기 소년에게 경고했다.

"크르르!"

송곳니를 이죽거리며 낮게 으르렁댄다. 알겠다고 말한 것이다.

놀라운 속도로 달려 나간 양치기 소년은 어느새 마을의 입구를 눈앞에 둘 수 있었다.

정훈에게서 받은 원옥의 정수로 속박의 저주가 풀린 상태. 하지만 저주가 풀렸는지 확신할 수 없었던 소년은 멈칫거리며 겨우 한 발짝을 떼었다.

저항은 없었다.

마을에 발을 디디기만 해도 심장을 파헤치던 고통이 찾아오지 않았다.

　"아우우!"

　기쁨이 깃든 울음소리가 송곳처럼 울려 퍼졌다.

　긴 울음과 함께 마침내 피의 복수가 시작되었다.

　콰직.

　닫힌 문을 부수고 들어갔다.

　그곳엔 공포로 몸을 떨고 있는 주민 일가가 있었다.

　"사, 살려 줘. 난 그저 사람들이 하자고 해서……."

　변한 모습임에도 양치기 소년이라는 것을 알아본 중년인이 변명을 시작했다.

　콰득.

　"여보!"

　한입에 머릴 삼켰다.

　졸지에 머릴 잃은 육신이 힘없이 바닥으로 쓰러졌다.

　뜯겨 나간 목에서부터 뿜어져 나온 피가 가족의 몸 전체에 흩뿌려졌다.

　"아, 아아."

　아버지의 처참한 죽음을 감당할 수 없었던 걸까.

　딸은 영혼이 빠져나간 눈으로 양치기 소년을 응시했다.

　"크르르르."

　피가 뚝뚝 떨어지는 주둥이에 미소가 그려졌다.

"나, 난 아니야. 난 아무 잘못 없어!"

그제야 정신을 차린 딸이 소리쳤다.

양치기 소년을 포박해 늑대들에게 먹이로 준 건 일부 어른들이다.

그녀 자신은 아무런 잘못도 없다고, 죽을 이유가 없다고, 그리 말하고 있었다.

"크르, 내가 끌려갈 때 방관하던 네년의 눈빛을 잊을 수 없다."

방관은 암묵적인 동의다.

만약 그녀가 조금이라도 말렸다면, 조금이라도 반대하는 의견을 내비쳤다면 그런 일은 벌어지지 않았을지도 모른다.

아니, 말리지 않아도 좋았다.

단지 마지막 가는 길에 보인 그 경멸하는 눈빛만 아니었다면 말이다.

챠악.

"꺄아아아!"

갈고리처럼 튀어나온 손톱이 그녀의 눈을 할퀴고 지나갔다.

"내 눈! 눈!"

살점과 함께 눈알도 떨어져 나갔다.

지독한 고통에 이어 앞을 볼 수 없다는 상실감은 그녀의 정신을 망가뜨렸다.

"헤헤, 헤헤헤. 난 몰라, 모른다고. 히히, 정말 모르는데.

모를까? 몰라! 모른다고!"

웃다가 울다가 화를 냈다.

정신이 망가진 그녀는 비틀거리며 집 안을 배회했다.

가만히 내버려 둬도 과다 출혈로 죽을 것이다.

양치기 소년의 시선이 나머지 한 명에게 향했다.

한 남자의 아내이자, 어머니.

어머니는 강하다고 누군가 말했던가.

하지만 모든 치명적인 공포 앞에선 아무것도 소용없었다.

치마 사이로 역한 액체가 흘러내렸다.

절망적인 상황에 그녀가 할 수 있는 일은 없었다.

콰득, 콰드득.

늑골이 부서지고, 심장을 도려내는 고통에도 그녀는 움직이지 못했다.

절망에 찬 눈동자만이 허공을 향해 있을 뿐이었다.

일가는 시작이었다.

양치기 소년의 복수는 이곳 마을 주민 모두를 죽일 때까지 계속되었다.

자신을 포박했던 양손을 씹어 삼키고, 비난과 욕설을 내뱉은 혀를 잘라 냈다.

늑대의 보금자리로 향한 두 다리는 악력으로 뽑아 내어 그 비명을 즐겼다.

잔혹하다 못해 끔찍한 광경이었다.

이 끔찍한 참상을 확인한 일부 입문자들은 구역질하며 시선을 돌려야만 했다.

그간 온갖 사건 사고를 겪어 정신적으로 성숙해진 그들도 이번과 같은 참상은 처음 겪어 보는 것이었다.

만약 양치기 소년의 복수가 자신들에게 향했다면?

상상만 해도 몸서리가 쳐졌다.

"크, 크크크, 크하하하하!

마지막 남은 주민의 심장을 씹어 대던 양치기 소년이 돌연 광소를 터뜨렸다.

통쾌하기도, 슬프기도, 그리고 어쩐지 공허한 감정이 복합적으로 섞인 웃음이었다.

'아주 염병을 하세요.'

모두가 양치기 소년의 울음에 동화되어 있을 때, 정훈만이 코웃음 치고 있었다.

복수라곤 하지만, 결국 힘 있는 자가 살아남았을 뿐이다.

예전에는 힘이 없는 양치기 소년이 당했고, 지금은 주민들보다 더 강한 힘을 손에 넣어 복수에 성공했다.

상황만 조금 다를 뿐, 결국 힘 있는 자가 약자를 밟고 올라선 것에 불과하다.

'나는 당하지 않는다.'

그렇기에 정훈은 어떤 상황에서도 약자가 되지 않을 압도적인 힘을 손에 넣기 위해 분주히 움직였다.

이곳저곳 기웃거렸는데, 그가 지나간 곳은 조금 전 양치기 소년이 복수한 곳과도 일치했다.

정훈이 원하는 것, 그것은 주민들이 죽은 자리 옆에 떨어진 검은 보석, 바로 원옥의 파편이었다.

필요한 파편의 개수는 100개. 100명의 시체 옆에서 이를 획득한 그가 양치기 소년에게 다가갔다.

"이제 끝났지?"

미친놈처럼 웃어 대던 소년이 그제야 멈추곤 돌아보았다.

"크르, 그래. 고맙다. 모든 게 네 덕분이다."

외형이 변하니 성격도 변했는지 반말을 지껄인다.

"덕분인 걸 알면 보상을 줘야지?"

가는 게 있으면 오는 게 있는 법.

정훈이 굳이 소년을 도우려고 했던 이유 중에는 보상도 포함되어 있었다.

"물론이다. 잠시만 기다려라."

별안간 입을 쩍 벌려 손을 집어넣었다.

마치 주머니 속에서 물건을 뒤지듯 더듬거리더니 이내 손을 빼내었다.

"자, 받아라."

타액이 끈적하게 묻은 몇 가지 아이템을 건넸다.

비록 타액으로 번들거리긴 했지만, 하나같이 보물이라 칭할 만한 것이었다.

이를 본 입문자들의 눈에 탐욕이 어렸다.

조금 전 정훈의 무력을 확인하지만 않았더라도 보물을 빼앗기 위한 혈전이 벌어졌을 터였다.

하지만 지금은 아니다.

감히 정훈에게 덤빌 만한 담력을 지닌 이는 이곳에 존재하지 않았다.

'유물 하나에 유일 2개라.'

정훈의 실망은 이만저만이 아니었다.

유물 정도는 쓸 만하지만, 그것도 정훈이 소지하고 있는 것뿐이었다.

그래도 메인 시나리오인데, 작은 기댈 가지고 있었던 그는 실망을 감추지 못한 채 아이템을 회수했다.

"크르, 보물을 얻고도 그런 표정이라니. 뭔가 마음에 들지 않나?"

이런 보물을 얻고도 실망한 기색이라니.

"성에 차진 않지. 게다가 아직 받아야 할 것도 남았고."

"크르르, 받아야 할 것? 보상은 이게 전부다."

"아니, 하나 남았어."

갑자기 말을 멈춘 정훈의 손이 재빠르게 움직였다.

스윽.

백색 섬광이 터져 나온 순간 양치기 소년이 사라졌다.

"캬욱!"

멀찍이 떨어진 곳에 나타난 양치기 소년이 고통에 찬 신음을 토해 냈다.

어깻죽지 부근, 불에 덴 듯 화끈한 고통이 올라왔다.

"역시 쉽게는 안 되네."

휘광에 둘러싸인 아슈켈론을 든 정훈이 중얼거렸다.

"크르, 인간. 이게 무슨 짓이냐!"

도움을 줘 놓고 이제는 해치려 하다니. 그로서는 영문을 알 수 없었다.

"이유는 무슨. 살아남을 수 있으면 잘 살아남아 봐."

툭 내뱉듯이 말한 그가 아슈켈론을 추어올렸다.

"내 앞의 사악한 악룡을 물리치리라!"

아슈켈론의 광채가 더욱 짙게 변하며 정훈을 감쌌다.

그리고 그 순간, 그의 등 뒤로 찬란한 광채의 날개가 생성되었다.

따스하고도 찬란한, 성스러운 분위기가 물씬 풍기는 날개. 바로 성 조지의 날개였다.

성 조지의 순교 세트를 모두 모아야만 비로소 발휘할 수 있는 격이다.

날개가 깃든 순간부터 모든 능력치가 강으로 고정되며 암흑 속성의 적에게 100퍼센트 확률로 치명타 피해를 준다.

양치기 소년은 강의 능력치를 지닌 강력한 보스, 즉 아무리 정훈이라 해도 쉬이 볼 수 없는 상대다.

그렇기에 초반부터 전력을 다할 생각이었다.

"흡!"

흐릿한 잔영이 생겼다.

놀랍도록 빠르게 움직인 정훈의 검이 어느새 양치기 소년의 심장에 닿고 있었다.

차앙!

갈고리 모양의 발톱이 검의 경로를 막았다.

치이익.

하지만 아슈켈론은 암흑 속성에는 천적과도 같은 검. 발톱이 녹아들며 요란한 소릴 냈다.

"크왁!"

고통을 느낀 그가 힘으로 떨쳐 내려 했다.

정훈이 이에 맞서며 서로 대치했다.

손톱이 점차 빠른 속도로 녹아내렸다.

시간이 지날수록 불리한 것은 양치기 소년이다.

"아우!"

길게 울음을 내며 폭발적으로 힘을 주었다.

기다렸다는 듯이 주던 힘을 옆으로 흘리며 정훈이 빠졌다.

설마 뺄 줄 몰랐던 양치기 소년이 앞으로 고꾸라지려는 찰나, 검이 불쑥 심장 쪽을 파고들었다.

푹!

그 와중에도 몸을 틀어 급소를 피했지만, 오른쪽 팔뚝을 꿰뚫렸다.

아슈켈론에 깃든 힘이 살점을 태운다.

어마어마한 고통 속에서도 칼날을 손으로 잡았다.

'이걸 못 쓰게 해야 한다.'

양치기 소년은 본능적으로 깨닫고 있었다, 이 백색 광채의 검이 자신과는 천적이라는 것을.

그렇기에 어느 정도 피해를 보더라도 이를 빼앗을 생각이었다.

손이 베이는 것엔 신경도 쓰지 않은 채 칼날을 잡은 손에 힘을 주었다.

그와 동시에 남은 한 손으로 정훈의 목을 할퀴었다.

"쯧."

혀를 찬 정훈이 뒤로 물러났다.

계속 검을 잡고 있으면 목이 달아날 판이었다.

아쉽지만, 양보하는 수밖에.

게다가 그는 그리 큰 미련이 없었다.

한쪽 팔이 너덜너덜해졌지만 대신 무기를 빼앗았다.

"크륵, 이제 네 녀석은 끝이다."

검을 빼앗았으니 두려울 게 없다.

"끝? 놀고 있네."

입꼬리를 올렸다.

어느새 그의 손엔 새로운 검이 들려 있었다.

그것은 바로 황금빛 광채에 둘러싸인 검 엑스칼리버.

"크르륵?"

자신이 빼앗은 것도 대단한 보물인데, 어째 그보다 더 강력해 보였다.

상황도 잊은 양치기 소년은 놀란 토끼 눈이 되었다.

"잘 가라."

아슈켈론으로 충분할 줄 알았지만, 역시 상대는 상대다.

1:1에서 2개의 격을 사용할 줄이야.

하지만 여기서 끝이다.

"여기 약속된 승리의 검이 왔노라!"

엑스칼리버의 황금빛이 터져 나온 순간…….

"크르."

양치기 소년은 더는 저항하지 않았다.

눈앞에 다가오는 황금빛 물결은 저항할 수 있는 게 아니었다.

팟!

황금 빛 물결이 양치기 소년에 닿으며 절정의 빛을 뿜었다.

광채가 사라지고 난 후, 그곳엔 생명의 에너지를 잃은 채 하얗게 변한 양치기 소년의 육신만이 남아 있었다.

정훈이 검을 거둔 채 느릿하게 다가갔다.

고집스럽게 입을 다문 양치기 소년의 주둥이를 가볍게 건드렸다.

파스스.

하얀 가루가 되어 날린다.

그 자리를 대신하는 건 조금 전 소년이 삼킨 원옥의 정수
였다.

'이제 모든 준비가 끝났다.'

보관함의 원옥의 파편 100개, 그리고 지금 손에 쥔 원옥의
정수까지. 원하는 아이템을 모두 모으는 데 성공했다.

−제1 시나리오 종료.

양치기 소년의 죽음과 함께 메인 시나리오의 종료를 알려
왔다.

−생존 인원 653.
−활약에 따른 보상 정산 중.

모두가 그 음성에 귀를 기울였다.

그리고 잠시 후, 각자에게 개별 정산이 안내되었다.

−정산 끝.
−활약도 99.99퍼센트의 압도적인 성적을 보여 준 입문자에게 모든
능력치 100 상승의 축복과 '보상의 상자(다이아)'를.

–최초로 제1 시나리오 양치기 소년 처치. '언령 : 양들의 침묵' 각인.
　–최초로 제1 시나리오 활약도 90퍼센트 이상 달성. '언령 : 1막의 지배자' 각인.

다음 권으로 이어집니다

아이템
매니아